JN001239

Poetry and Walks

시와 산책

詩と散策

ぼくに見えるものと言うことの間に、
ぼくが言うことと黙っておくことの間に、
ぼくが黙っておくことと夢みることの間に、
ぼくが夢みることと忘れることの間に——
詩。

オクタビオ・パス「ぼくに見えるものと言うことの間に」
(『世界現代詩文庫23　オクタビオ・パス詩集』
真辺博章訳、土曜美術社出版販売)

目次

The WORK is published under the support of Literature Translation Institute of Korea(LTI Korea).

装幀　成原亜美［成原デザイン事務所］
装画　日下明

詩と散策

Poetry and Walks

＊

宇宙よりもっと大きな

私が冬を愛する理由は百個ほどあるのだが、その一から百までがすべて〝雪〟だ。それだけ私の雪への想いはひたむきで純粋だ。なぜ雪が好きなのかというと、白いから、清らかだから、静かだから、溶けるから、消えるから。

愛し合うふたりがつき合った日数を数えるように、私は雪に出会った日を数える。初雪、二回目、三回目……十回まで数えた年は、なんともいえないほど美しかった。

朝、目を覚ましたとき、カーテンが閉まっていて布団の中からは外が見えないのに、周囲によそよそしい光を感じる日がある。まだ夢の続きを見ているのだろうか。私はゆっくりと瞬きをしながら、その目に見えない幻想の光について思いをめぐらせる。そのうちはっと思う。「なにかがやってきたんだ！」

さっと起き上がってカーテンを開けると、ああ、そこに雪があった。窓を見上げていた恋人が顔をのぞかせた私を見るなり、にっこり笑いながら力いっぱい手を振るように。そうやって雪を見つけた日は、恋を見つけたかのように胸がいっぱいになる。

私は無心で外に出る。

雪がもっと積もっていそうな道をわざと選んで、髪の毛と頬と足首が濡れるほど歩き続ける。私を家の外に連れ出したのはある光り輝く顔だったが、歩いているのは私ひとりだ。かつていっしょに歩いた人の顔が目の前の雪景色の中に現われるように、私はひたすら記憶の幻灯機を照らす。そうやって散歩を続け、本当はうれしいのに泣き顔になる。

森にたどり着くまで人気（ひとけ）はなく、辺りはしだいに青白くなる。私の唇の内側では、その人と交わした言葉がそっくりそのまま繰り返されているけれど、実際には聞こえない。それらの言葉はもう、人の耳に届くデシベルよりも小さな音が暮らすところに行ってしまった。

愛するものを失ったとき、人の心は大きくなる。あまりにも大きいそこには、海もあれば崖もあり、昼と夜が同時に存在する。そこがどこなのか見当もつかないので、どこでもないと思ってしまう。大きすぎるとかえってつまらなくなる。ところが、ペソアはその気持ちを違った目でとらえた。

これらはすべて私の心の中では死であり
この世界の悲しみだ。
これらはすべて、死んだけど、私の心の中では生きている。
そして、私の心はこの宇宙よりもう少し大きい。

フェルナンド・ペソア「列車を降りて」

空っぽの空間で悲しみに暮れていた詩人は、その空間に時間を連れてくる。私が存在するかぎり、私が失ったものも私とともに存在するという超越した時間にゆだねられた心は、やがて宇宙よりも大きくなる。そうやって大きくなった心は、もはや虚しくない。数万年前に死んだ星のように、心の中を埋め尽くして輝くものがあるからだ。

森の奥から大きな獣の湿った声が聞こえる。なにかを呼んでいるのだろうか、それとも私のように雪を見て喜んでいるだけなのか。私は邪魔にならないよう引き返した。

お気に入りの映画に、仲のいいふたりの少年が夜空を見上げて流れ星を待つシーンがある。やがて窓の外にかぎりなく星が降り注ぎ、少年たちは交互に歓声をあげながら見守った。その後、ふたりのうちのひとりが先に亡くなった少年にこんな追悼文を読んだ。「……見えたふりをして笑い合ったの、楽しかったです」

私は肩に雪をのせて歩きながら、この言葉を少し変えて宙に投げかけた。

「ひとりだけれど、いっしょに歩くふりをして笑い合ったの、楽しかったです」

そして、そっと幻灯機を消した。

雪は白い色というよりは、白い光と言ったほうがいい。その光は私の愛する人の顔を映しだしてくれる。どんなに遠く離れていても、違う世界にいても、その日だけはやってきて、窓の外から私を呼ぶと約束してくれているかのようだ。そんな目に見えない約束がいつまでも私に雪を待たせているのだ。

明日は雪が溶けるだろう。雪は音を立てずにやってくるが、帰るときは水の音を与えてくれる。

私はその音に泣き声を少し添えるかもしれない。

だいじょうぶ。私の心は宇宙より大きいし、そこには泣く場所もたっぷりあるのだから。

*

寒い季節の始まりを信じてみよう

話をするとき相手の顔をじっと見るほうなのだが、不思議なことに、別れたあとは記憶が薄れ、声だけが耳に残る。息を引きとったあとも残るのは聴覚だというけれど、だからだろうか。

かと思うと、ある人の声がどうしても思い出せなくてもどかしいときがある。電話をかけるとか、会えばすむことなのに、どちらもできない場合だってあるから。そんなとき声を恋しく思う気持ちはけっして、顔を恋しく思う気持ちに劣らない。声は、瞳も唇も指もついた、撫でたくてたまらない体になる。

冬は凍った川辺によく腰を下ろす。ときには通り過ぎずにずっと眺めていたい風景もあるのだが、私にとっては凍った川がそれだ。

氷点下になると、川の流れは白い氷の下に閉じ込められる。凍る瞬間も揺れ動いたため、川面の模様や同心円状に広がった波紋が透けて見えるところもある。表面は厚い氷に覆われていても、川底では変わらず水が流れ、魚が泳いでいるはずだ。どれだけ硬いのか確かめたくて、私は足元の石ころを拾い、氷の上に投げてみる。石は鈍い音をさせて跳ね、そばに落ちる。歩いてもよさそうなのに、なかなか足を踏み出せない。

これは、なにかの本で読んだ記憶はあるけれどタイトルが思い出せない話。

冬に凍った川を馬に乗って渡った人たちが、翌年の春、氷が解けたそこで馬の蹄の音を聞いたそうだ。川が凍るときにともに封印された音が、氷が解けるにつれよみがえったのだ。馬も人もとっくに去ってしまったのに、彼らがいたことを証明する音が残っている。目を閉じその光景を想像するだけで、涙が出そうになった。くだらないと思う人もいるかもしれないが、私は生きていくうえで幻想は必要だと思っている。真実に目を背けず向き合うためにも、自分だけの想像を秘めておいたほうがいい。想像は逃避ではなく、信じる心をより強く持つことだから。

凍った川に魅せられたのはそのときからだ。そして、私が失った声はきっとそこにあると信じるようになった。

友人といっしょに凍った川を眺めたことがある。私は彼女を慰めたいと思っていた。つらい死別がなんども彼女を襲った。それでもまた笑顔を取り戻したように見えたが、その笑顔と笑顔のあいだに暗い窪みがないはずがない。私はいつも彼女を慰めるのは無理だと痛感させられた。いかなる慰めも都合のよい言葉にすぎなかった。それが慰めの限界であり、言葉の限界だろう。

冬には「冬の心を持たねばならない」「十分に寒さにさらされねばならない」と言った詩人がいる。

霜や、雪の皮で蔽われた
松の枝をじっと見つめるには、
冬の心を持たねばならない。

（略）

トウヒを眺めることもでき、また風の音や
かすかな葉擦れの音に、
みじめな思いをせずにいられる。

（略）

聞く者は、雪のなかで耳を傾け
わが身も無と化して、そこにないものは
何も見ず、そこにある「無」を見つめるのだ。

ウォレス・スティーヴンズ「雪の男」
（『アメリカ名詩選』亀井俊介、川本皓嗣訳、岩波書店）

冬の心で冬を見つめるのは当たり前のようだが、いま思うと、そうではなかったときのほうが多かった気がする。春の心で冬を見ると、冬はただ寒くて悲惨で虚しくて、早く去ってほしいだけの季節だ。しかしどんなに急かされようと、冬は自分の時間をまっとうしてからでないと退かない。苦しみがそうであるように。

苦しみは消えない。ただ、苦しんでいるあいだも季節は過ぎていく。季節が変わるごとに、苦しみは異なる帽子をかぶってそこにいる。私たちにできるのは、その帽子に気づいてやることぐらいかもしれない。

私は彼女のかぶった帽子をじっと見つめた。どんな帽子であれ、彼女の美しさが損なわれることはない。どれだけ時間が過ぎても、「そろそろ帽子を脱いだら？」とは言わないこと。ただ見守り、沈黙することが、私にできる唯一の慰めなのだ。


運がよければ、凍った川辺で冬の声が聞けるかもしれない。彼女と川を眺めているとき、心臓が止まりそうなほど大きな響きを聞いた。遠くの山から獣の鳴き声でも聞こえてきたのかと思ったら、じつは目の前の川の深いところで氷が解け、砕けたのだった。体が凍りついてしまいそうな、恐ろしくもある美しい音だった。目に見えない分、よけいにそう思ったのだろうか。幻聴ではないかと思わせるほどに、凍った川は堅固な姿そのものだった。

もしかしたら川にも永遠に失いたくないものがあって、音を凍らせたのだろうか。いつか山と大地を揺るがすほどの懐かしい音が鳴り響くのを待ちわびながら、氷の帽子をかぶっているのかもしれない。

その音をもう一度聞きたくて、私たちは無言のまま川を眺めた。かぎりなく冬の心をもって。

*

散策が詩になるとき

インディアンの少女が友達に、自分の家に来る道順を教える。

垣根のある道を抜けたら、海と反対側の枯れ木のほうに来るの。そのうち、細い流れの川が見えてくるから。そしたらね、緑の木に囲まれるまで上流にむかって歩いてきて。太陽の沈むほうに、川の流れに沿って。そのうちぱっと道が開けて、平らな土地が見えてくるんだけど。そこがあたしんちよ。

この頃は、通りの名前や番地を見て家をさがす。それすらも、スマートフォンに住所を入力する手間だけかけて、あとはそれを見ながら目的地まで行く。だが、その地図には化石のように固まった空間が広がるだけで、私たちの周りで滔々と流れる時間を見せてはくれない。木々の青さ、川の渦、風の震え、動物の脈拍は、そこにない。初めから存在しないかのように消されている。

だからインディアンの少女の口から出てくる言葉は、私にはなじみのないものだが、愛らしい詩のように聞こえる。垣根、海、枯れ木、上流、平らな土地、などの詩語と、それらのあいだにある飛び石を踏んで家をさがすその子は、友達の家にたどり着いた頃には一篇の詩を読んだことになる。あの子はもうこの詩を読んでるよね、などと思いながら、自分の目で一度、友達の目でもう一度読むうちに、互いに心が通い合うようになるだろう。

あなたという目的地を入力して一気にたどり着くのではなく、途中、あれこれささやかな苦労や美しさを経て、それらのすべてが合わさったとき、初めてあなたにたどり着ける。そんなプロセスがあったらいいのにと思う。

地図学者のデニス・ウッドも、私と似たようなことを望んだようだ。彼は一九七〇年から十年ほどかけて、教え子たちといっしょに特別な地図を作った。従来の地図には場所や道路名など、客観的な情報が明示されているだけなのに、彼の作った地図は、ある町（当時、彼が暮らしていた）を指定し、その中に隠れているもの、名前のないもの、目に見えないものを見せてくれる。

紅葉が色づくと色鉛筆を持って町を歩きながら、葉の色をそれぞれの位置に明記し、ドアベルをつけた家があればその音を同心円状に視覚化させ、町に暮らす犬たちの名前も書きこみ、ハロウィンにパンプキンランタンを作った家にはお化けのマークをつけた、そんな地図を思い浮かべてほしい。

意表をついたその愛らしい地図をめくるたびに、私は笑みがこぼれる。ある人が言ったように「取るに足らぬものなどなに一つない、と思う心が詩」なら、彼の作った地図は詩と言えるのではないか。平らなモノクロの紙の上からも音が聞こえ、燦々と降り注ぐ光が見える。かつて見知らぬ外国の小さな町で流れていた時間が、五十年後の私のところに届く。詩がまさにそうであるように。

猫たちが横になれる場所、実をつけるかもしれない木、泣きながら眠った人たちの家……散歩をするとき、私がきょろきょろ見渡すものも、どれも取るに足らないものばかりだ。しかし私の心の中には、大きなものとそんなささいなものが共存するために、それほど傷ついたり長く苦しまなくてすむ。日々の暴力や陳腐なものにめったに染まることもない。

私の目で見たものが、私の内面を作っている。私の体、足どり、まなざしを形づくっている（外面など、実は存在しないのではないか。人間とは内面と内面と内面が波紋のように広がる形象であり、いちばん外側にある内面が外面になるだけだ。容貌をほめられてもすぐに虚しくなって、真のほめ言葉にならないのもそのためだ。どうせならこう言うのはどうか。あなたの耳はとても小さな音も聞こえるのね、あなたの瞳は私を映すのね、あなたの足どりは虫も驚かないほど軽やかなのね、と）。そのあとまた、私の内面が外をじっと見つめるのだ。小さくて脆いけれど、一度目に入れてしまうと限りなく膨らんでいく堅固な世界を。

だから散歩から帰ってくるたびに、私は前と違う人になっている。賢くなるとか善良になるという意味ではない。「違う人」とは、詩のある行に次の行が重なるのと似ている。目に見える距離は近いけれど、見えない距離は宇宙ほどに遠いかもしれない。「私」という長い詩は、自分でも予想できない行をいくつもくっつけながら、ゆっくりと作られる。

詩は意味するものではなく、存在するもの。

アーチボルト・マクリーシュ「詩学」

違う人に違う人に違う人になっていくあいだ、私はただ存在する。散歩を愛し、散歩の途中で息を引きとったローベルト・ヴァルザーもこう言っている。

わたしはもはやわたし自身ではなく、ほかの人間であり、そしてまさにそれゆえにいっそう、わたし自身なのでした。

ローベルト・ヴァルザー「散歩」(『ローベルト・ヴァルザー作品集4 散文小品集1』新本史斉、フランツ・ヒンターエーダー＝エムデ訳、鳥影社)

幸せを信じますか

ひとり物思いにふけって歩くほうなので、街で布教をしている人につかまることがよくある。例えば「道(ト)を信じますか」などと言って近づいてくる輩のことだ。いまではすっかり慣れたもので、遠くのほうから二、三人のペアが歩いてくるのが見えたら、さっと身をかわせるようになった。ところがその日は、横断歩道で不意に声をかけられたので、避けるタイミングを逃してしまった。

すばらしい福運に恵まれているのに、ご先祖様が邪魔をしていますね。

はあ。

福運を取り戻す方法があります。

そうなんですか。

幸せになれるんですよ。

べつに幸せになりたくはありませんから。

幸せになりたくない人なんていますか？

私です。

え？　なんですって？


布教者の声は怒気を帯びていた。信号が変わらなければ、私と言い争った末に堪忍袋の緒を切らしていたかもしれない。

私はひとり横断歩道を渡った。幸せなんかにこだわらなければ、あなたはいまよりずっと楽に生きられますよ、と言いたいのを我慢して。

私は幸せうんぬんにうんざりしていて、「幸せ」という言葉を辞書から削除してしまいたいと思っている。もしくは意味を変えるとか。例えば〈幸せ：消化不良のため腹部にガスがたまること〉とするのはどうだろう。もちろん、軽々しく使われるのが問題なのであって、言葉にはなんの罪もないことは承知している。

道で会った布教者には嫌味な言い方をしてしまったが、「幸せになりたくない」というのは、より正確に言うと「幸せを目標にして生きたくない」という意味だ。多くの人が幸せを〝昇進〟〝結婚〟〝マイホーム購入〟などと同義語だと思っている状況ではなおさらだ。

幸せは、そんなありきたりで画一的なものではない。目にも見えない、言葉でもうまく言い表せない、手相のように人それぞれ違ったものなのだ。幸せについて語るのは、互いの手のひらを見せ合うような秘密めいたことでなければならない。

私は自分の手をじっと見つめる。私はいつ幸せだっただろう。不安や寂しさもなく、成就も自負心もなく、ただ純粋に嬉しかったことがあっただろうか。

*

美しい道を数限りなく歩いた。ありきたりの小さな山道もあれば、神秘的な自然に圧倒されそうな異国の道もあった。もしそのうち一つだけ選べと言われたら、私は小鹿島（ソロクト）の道を選ぶだろう。数万年ものあいだ誰も足を踏み入れたことのない道の持つ孤高な魅力を知らないわけではないが、道に威厳をもたらすのは、なによりその道を歩いた人の体臭だと信じているからだ。

その島は小さな鹿の形をしているため、小鹿島と名づけられた。

私はその島のことを、小説『あなたたちの天国』（李清俊著、姜信子訳、みすず書房）を読んで知った。当時は気づかなかったけれど、いま思うと、生きていくうえで私がどういうものに過敏に反応するのか、どの道に進みたいのか、うすぼんやりと感知するきっかけを与えてくれた本だった。それから十年後、よけいな心配をかけて邪魔されるのが嫌だったので、家族には嘘をついて小鹿島に渡った。すでにボランティア活動の申し込みはしてあった。

数人で寝泊まりする部屋と食事を与えられ、一日に八時間、病院で働いた。ハンセン病患者のほとんどは高齢で、なかでも入院している人たちは、致命的な病を患っているか、あるいは体の自由がきかない重症患者たちだった。私のおもな仕事は、新生児の世話をするのと似ていた。濡らしたタオルで顔や体を拭くこと、三度の食事を助けること、おむつを替えることだった。その合間に彼らとおしゃべりをした。

小鹿島のハンセン病患者はほとんどが、日本の植民地時代からずっと島で暮らしている。

島流しも同然でやってきて、すぐに故郷に戻れるだろうと思っているうちに八十年余りの歳月が流れた。私にはとても想像のつかない長い長い時間だ。彼らは強制労役に駆り出されたり、精管切断術や人体実験の犠牲にもなった。家族と生き別れ、厳しい時代には数十人が虐殺されたこともあった。その中で生き残った彼らは、まるで生き証人のように、手と足の指を、鼻と唇を、瞳を失った。私たちはとかく、この世のありとあらゆる不幸がとりわけ彼らを狙ったと考えがちだ。でも私が学んだのは、正常でない容貌が人を醜くしたり、不幸が人間の尊厳を害したりすることはないということ。目に見える条件に押し潰されず、心の格を守ること。

なかでも印象に残っているおばあさんがいる。彼女はベッドから起き上がれなかった。とっくに目も見えなくなっていた。なのに毎日、歌を歌った。他の病室にいても、彼女の元気な歌声が聞こえてくるほどだった。ある日、私は彼女に歌を歌ってごらんと勧められたのだが、恥ずかしいやら思い浮かぶ歌もないやらで断った。胸の中に歌を秘めている人と、そうでない人の違いだろう。

彼女が不自由な目鼻口でにっこり笑って歌を歌うとき、私が彼女の指のないまるい手を撫でながらその歌を聴くとき、私たちのあいだにはなにかがあった。それを幸せとは呼べないだろうか。幸せは彼女や私にあるのではなく、私たちのあいだに、重ねたふたりの手の上にそっと降りてきていた。

仕事が終わったあとは島の周りを歩いた。左手に海を見ながら半周ほどすると、日が暮れはじめる。私は立ち止まって日没を見た。私の目で見たり、ハンセン病患者の目になって見たりした。彼らが苦しいとき、悲しいとき、嬉しいときに向き合った風景を、私もおなじような気持ちになって眺めてみた。

手入れが行き届いた森も公園も、彼らの涙が沁みていないところはどこにもなかった。自分の体の一部を犠牲にしてつくった小鹿島の道は、彼らの体でもあった。そしてその体の中には歌が生きていた。小説が望んだように、長いあいだ「あなたたちの天国」だったところを、小鹿島の人々は「私たちの天国」に変えてしまっていた。

私は彼らを見倣いたいと思った。彼らのような人たちのために生きたいと思った。四十年間、島でハンセン病患者の世話をしているうちに年老いてしまい、一通の手紙だけを残して人知れず故国に帰った（華やかな賛辞を送られることを恐れて）、ふたりの外国人シスターのように。
そう思うと、私とその思いのあいだに、また幸せのようなものがあった。

＊

愛はただ方向を決めるものであって、魂の状態ではないことを知らなければならない。それを知らなければ、不幸が襲ってきた瞬間、絶望に陥る。

シモーヌ・ヴェイユ『重力と恩寵』

これは愛についての記録だが、私は「愛」の代わりに「幸せ」を入れてもう一度読んでみる。「幸せはただ方向を決めるものであって、魂の状態ではない」と。
幸せが理想的な魂の状態だと思うから、私たちは絶望に陥りやすい。ある状況や条件の中で、受動的に得たり失ったりすることが幸不幸だと決めてしまうと、永遠にそのしがらみから抜け出せない。手に入れられないものが多く、毀（こわ）されてばかりの人生でも、歌を歌おうと心に決めたらその胸には歌が生きる。歌は肯定的な人の心に宿るというよりも、むしろ必要にかられて呼び寄せる人に沁み入るのだ。

私たちはいつも「方向」を選ぶ。単に幸せを目標にするのではなくて、目の前に広がるありとあらゆる可能性の中でいちばん善い道を指している矢印についていく。その二つは、初めは一致しないかもしれない。しかしいずれ、幸せは善のほうに入っていくだろう。だから「幸せ」なんて言葉はなくてもいい。私の最善とあなたの最善が向き合えば、そして私の最善と私の最善が向き合えば、私たちはもう「幸せ」にたよる必要もない。

エルンスト・ヤンドルの詩に、言葉があなたになにかを為（な）すのではなくて、あなたが言葉に為す、それがなにかになるのだ、というフレーズがある。「幸せ」が私たちにもたらす影響力にふりまわされる前に、私たちのほうが先に「幸せ」になにかを行わなければならない。できればそのなにかが、忘却だったらいいと思う。「幸せ」なんて言葉は亡くなったご先祖様にでもあげて、忘れてしまおう。できれば「不幸」も忘れよう。

うれしくて悲しいことを、ただ歌おう。

＊

11月のフーガ

私は11月を偏愛している。秋の前につけられる「晩」という言葉も、寒々とした木と、もとより残忍になれない風も愛おしい。

もっと素直になって、私と飼い猫が生まれた月だからということもつけ加えておきたい。私たちは似た者どうしだし、おなじ持病もあるし、おまけに顔も似てきている。


11という数字は、よく見ると二本の木みたいだ。葉を振り落として枝だけになった晩秋の木。風に乗って遠くに行ってしまう葉もあるが、ほとんどは木の根元に落ちて集まる。だから私はカレンダーの11という数字の足元に、まるい陰のようなものを落書きしてみる。

森の中で迷うのにちょうどいい時（とき）があるのだが、一つは大雪が降った翌日で、もう一つは11月ならいつでもいい。

どちらも地面は白い雪か赤黒い落ち葉で覆われて、道と呼べるものが消えてしまうからだ。道の境界が消え、方向感覚まであやふやになると、なにが起こるだろう。どこをどう歩いてもいい自由が生まれる。すべての空間を思いのままに散歩できる特権が、それらの日々にはあるのだ。

私は11月の森の中で、こんな光景を思い浮かべてみる。互いにまったく違う場所で生きてきた葉と大地が出会う。葉は大地に、空中で生きることの危うさと、鳥がもたらす揺らぎ、枝から落ちるときの痛みについて語る。大地は葉に、獣や人間の足の裏と、深く染みこんでゆく血について語る。彼らのひそひそ話が昼と夜をつなげるあいだ、葉は腐って原形を失い、大地はそんな葉を抱きしめて待つ。やがて一つになるまで。

今度は11をそっと寝かせてみる。するとあおむけに並んで寝転んでいる人のように見える。ふたりのあいだには、木がそうであるように距離がある。

私はそのうちのひとりを〝パウル・ツェラン〟と名づけてみる。とすると、そばにいるのは誰だろう。二十代に束の間、恋に落ちたインゲボルク・バッハマンも、妻ジゼル・

ド・レストランジュも、軽々しくそばに置けない。四十九歳でセーヌ河に身を投げたとき、彼はまったくのひとりぼっちだったはずだから。

一九二〇年十一月に生まれたパウル・ツェランは、ホロコーストで両親を亡くしたが、自分はどうにか生き延びた。しかし彼が詩で伝えているように、「生き延びたというのは間違った言い方／息が一つ〝あそこ〟と〝そこにない〟と〝時折〟のあいだを、目を閉じて／通り過ぎただけ」だった。生きているという実感が、苦痛の中に埋もれてしまったのだ。

そんなツェランにとっては、愛よりも悲劇のほうが重かったはずだ。誰かに希望を託したい気持ちもあったかもしれないが、暴力にまみれた世界で無駄にしゃべらないために、彼は〝影〟に留まることにした。

お前の文句にその意味をも与えよ——
その影を与えよ。

影を充分与えよ、

（略）

本当のことを語るのだ、影を語る者は。

パウル・ツェラン「お前も語れ」（『パウル・ツェラン全詩集I』中村朝子訳、青土社）

全身全霊で語ろうとする人は、当然多くのことを語れない。彼の詩はしだいに短くなり、沈黙の比重が大きくなる。それぞれ異なる二つの詩から、私は彼の遺書ともいえる句を見つけた。

ここに浮かびあがっている
もっとも怖い人が

そして

水の上を漂う言葉は
ほの暗さのもの

静かな下降と、存在の底辺によどむ影と、影から目をそらさない寡黙さをそなえた11月に、パウル・ツェランの詩を再読する。読めば読むほど、彼のとなりは空けておきたいと思う。しいて選ぶなら「無」だろうか。彼らはふたりだったが、ツェランが河に身を投げた瞬間、一つになった。11月の葉と大地のように。

11月には飼い猫の背中をいつもよりもっと撫でてやる。あなたには、私には、この先11月が何回めぐってくるんだろうねとたずねながら。窓の敷居にうつぶせて向かいの森を見つめている十三歳の猫はもちろんなにも答えない。しかし、ふりかえったときの大きな瞳の濃い褐色だけは、より一層深くなっている。

晩秋とは深まった秋のことだ。その深さの出発点が十分な陰りだということはわかるけれど、終着点がどこなのかは、まだわからない。

＊

悲しみ、咳をする存在

引っ越して数週間が経っても、荷ほどきしなかった。こんなところに来るんじゃなかったと思ったからだった。

人里離れた寂しい町。乱雑に入り組んだ路地と軒を連ねる家々のみすぼらしさを知らなかったわけではなかった。そのせいではない。私はここの夜がこんなに暗くて陰気くさいと思わなかったので、身がすくんだ。

何本もない街灯では十分に路を照らせなかったし、それすらもところどころ電気が切れていた。仕事を終えて家に帰るときはいつも、前に、横に、後ろに、壊れた人形のように首をまわし、路地を曲がるたびに塀の角や木の影にびくびくした、灯りの消えた窓は私に襲いかかろうと身構えている獣のようだった。

家の中を見てもため息が出た。ありとあらゆる虫が侵入してきた。緩んだ網戸をつけてみたが無駄だった。そんなときはいつも、片手に収まる、厚手のカバーで綴じられた詩集が役に立った。一冊の詩集が文字どおり、寸鉄人を刺したのだ。

もう一つ予想していなかったのは、家の壁がほかの階の音をそっくりそのまま運んでくることだった。ほかの階の住人といっても新婚夫婦と大家の老夫婦しかいないので、騒音に悩まされることはないだろうと甘くみていた。下の階からは度重なる嬌声が、上の階からは夫婦げんかをする声が絶え間なく聞こえてくるとは思いもよらなかった。週末になると老夫婦の家に遊びにくる孫たちは、思わぬ伏兵だった。

結論から言うと、夜にこの家を見にきていたら、そして眺めのいい広い南向きの家がじつはずさんな造りだとわかっていたら、この家もこの町も選ばなかっただろう。でももう手遅れだった。とりあえず、ここでなんとかやっていくしかなかった。

だから私は町を歩くことにした。メアリー・オリバーの言葉を少しいじって、私は町を愛するために町を歩いた。

長いこと再開発の話が持ちあがっては取りやめになったこの町は、いろいろな意味で中途半端だった。庭つきの二階建てはほとんど空き家になっていたし、おなじ屋根の下にいくつもの貸家をつめこんだ平屋や、無許可のバラックが、隙間なく建ち並んでいた。その一方で、私が暮らしているような低層のアパートが次から次へと建てられた。

私は入り組んだ路地で迷いながら、それらを目に焼きつけた。数か月経った頃には、どこに誰が住んでいるのかわかってきた。窓がないため入口のドアを開けて風通しをよくしている家では、その隙間から、粗末な所帯道具や、薄暗い部屋に埋もれて足の爪を切っている人たちが見えた。毎日、家の前で日向ぼっこをしている一人暮らしの老人や、おんぼろ旅館に身を寄せている外国人労働者、人を見るとすぐ吠える怖がり屋の白い犬と顔見知りになった。

私たちはよく知らないものを怖がる。言い換えると、私たちが怖がる理由はよく知らないからだ。私が初め怖いと思ったのは、漆黒の闇の中にどんな面々が暮らしているのか知らなかったからだ。だから、どこの庭にどんな木がありどんな花が咲くのかがわかったとき、もはや夜道が苦痛ではなくなった。前、横、後ろを見まわす代わりに、うすぼんやりと星が見え隠れする空を見上げたりもした。灯りの消えた窓も、その窓の向こうで私の知っている誰かが眠っていると思うと、閉じたまぶたのように穏やかに見えた。

私はいまも相変わらず町を歩いている。散歩から帰ってきたら屋上に上がる。そこからは町がひと目で見渡せる。入り組んだ路地も高いところから見ると意外とシンプルで、地図だって描けそうだ。

日暮れると人家にぽつぽつと灯りがともり、空き家は闇の中に沈む。それらをつなげると星座になるかもしれない。寝返りを打った人の曲がった背座、切られた足の爪座、病んだ猫のしっぽ座、のような。そういうものがあればのことだけれど。

いまでは上の階に住む老夫婦の口げんかやいびきが聞こえないと物足りないし、下の階の新婚夫婦が静かだと、ふたりの仲についてよけいな心配をしてしまう。

彼らのあいだに挟まれて暮らす私もなにか音を出したほうがよさそうな、音を出して私もここにいるよと訴えたくなる夜には、詩を声に出して読む。

人は悲しく　咳をする　しかしながら

その薔薇色の胸で喜ぶのだと
人にできるのは日々により
自らをつくることだけだと

セサル・バジェホ「無題　十七」『人の詩』
（『セサル・バジェホ全詩集』松本健二訳、現代企画室）

私は詩集を放り投げる。怒っているのではない。私の心は穏やかだ。
だが、虫は死んだ。

＊

果物がまるいのは

　道路脇に果物を積んだトラックが停まっていた。初めはトラックではなくて、トラックの下でなにかを食べている猫を見かけた。私は近づいていき、しゃがんで猫を眺めた。すると果物売りの男の人がそばに来て腰を下ろした。彼が先にソーセージをやったと言い、よく食べてるね、あら、食べたら行っちゃったね、へへ、そんなことを言い合いながら、猫を挟んでうちとけた私たちは初対面だった。ようやく私は体を起こして、彼のトラックを見た。いろいろな夏の果物がかごに盛られていた、その後ろには段ボール箱が積まれていた。

　私にとって果物は贅沢品だった。その頃はいまよりもずっと暮らしに余裕がなかったので、スーパーでこの果物が食べたいなと思っても、それよりは日々の食事に欠かせない食材のほうを選んだ。彼の果物を買ってあげたいけれどたぶん無理だろうなと思いながら、私はあれこれ指さして値段を尋ねた。果物は思いのほか安かった。スイカ以外はどれも五千ウォンで、ひとりで食べるのに十分な量だった。いつしか私は彼の馴染み客になっていた。

　果物の入ったビニール袋をさげて家に帰る途中、夕涼みをしている人たちを見かけた。バラックに暮らすある男の人もそうだった。ひと間で窓も小さいので、彼はよく家の前でうずくまって煙草を吸っていた。小柄で、表情の硬い人だった。私は彼に話しかけ、ビニールの中のぶどうをひと房差し出した。もっとあげてもよかったのだが、少なめに渡すのが私なりの気配りだった。彼は片手でぶどうを受け取り、もう片方の手で口にくわえていた煙草を外した。ありがとう。返事はそっけなく、少しほほ笑んでいるようにも見えた。私は彼に会うたびに、1+1［一つ買うともう一つおまけでついてくる］ですごく安かったから、などと言い訳じみたことを言いながら果物を渡し、彼はいつも遠慮なく受け取った。

　煙草の男の人と言葉を交わすようになったのも、猫がいたからだった。私はいつも近所の野良猫に餌をやっていたのだが、それを嫌がる人も多かったので、場所選びに悩んだ。たいていは廃家の庭、草むらの中、誰の所有でもない角の壁など、目につかないところを選んだ。そうこうしているうちに、彼の家の前に餌を置かざるをえなくなった。冒険だった。私はその家に誰が住んでいるのか知らなかったが、とりあえず置いてみて、器が捨てられたり大騒ぎになったりしたら、こっそり引き上げるつもりだった。

器は十日間、そのままだった。私はなんどか水と餌をやりにいき、母親猫と子猫の腹を満たした。その間も、その家の窓には灯りが点いては消えた。人が住んでいるのに器が捨てられなかったのは、許しを得たからだろう。私はお礼の手紙と果物をその家のドアノブにかけておいた。そのうち餌をやっているところを見られ、私たちはぎこちなく笑い、そうして知り合いになったのだ。

彼も私も安い住み家を求めてやってきたよそ者なので、互いにあいさつをするような隣人はいなかった。何歳なのか、なぜひとりで暮らしているのか、昼間はたいてい家にいるようだけれどどんな仕事をしているのか、気になるときもあった。でもそんなことは尋ねたくなかったので、私たちは会うと猫の話をした。「この頃は、そばに座っても逃げないんですよ」。彼は誇らしげにそう語った。餌を食べている猫を眺めながら、笑っているようないないような顔で。そんな彼を見て、なんだか私のほうがほっとした。

晩秋の頃からトラックを見かけなくなった。寒くなってきたからだろうかと思いながらも、内心気になっていた。二つの季節が過ぎ、ふたたび夏がめぐってきたある日、彼のトラックがいつもの場所に停まっていた。私は駆け寄って、前よりもやつれ日焼けした顔に向かって言った。

お元気でしたか？　ずっとお見かけしませんでしたけど……。

ちょっと体調を崩していて……。

私たちはにっこり笑い、言葉を濁した。本当に言いたかったことは省略記号の中に隠れ、夕明かりに埋もれた。ふりかえって客のほうに歩いていく彼は、足をひどく引きずっていた。

私に買えるのは五千ウォン分のマクワウリぐらいだった。彼がビニール袋を一枚取って中に空気を入れたとき、ほかの客が来て自分もマクワウリがほしいと言った。彼がそのビニール袋にかごの中のマクワウリを流し込み、あとから来た客に渡したとき、私はあれっと思った。当然先に来た私のものだと思ったのに。客が背を向けて去っていくと、彼は積んである段ボール箱のほうへ足を引きずりながら歩いていった。箱からマクワウリを一つずつ取り出し、薄暗い裸電球の下で、傷んだところはないか念入りに見てからビニール袋に入れた。六つを選ぶのに時間がかかった。それを私に差し出して彼が言った。「いいのを選って入れましたよ」
埃をかぶっていない、よく熟れたものをやろうと、わざわざ手間をかけてくれたのだ。私はそれをかじりながら、ひもじい日々を穏やかに過ごした。

住んでいた家の契約期間が過ぎ、引っ越しの日が近づいてきた頃、私は彼らにそのことを知らせたほうがいいのかどうか悩んでいた。ところが煙草の彼に会うよりも先に、彼が間借りをして住んでいた家の改築工事が始まったのだ。玄関の戸が開いていたので、初めて部屋の中を見た。中はすでに空っぽだった。果物トラックも、いつの頃からかまた来なくなった。彼らが去ったあと、とり残された私は何とはなしに寂しくなった。私たちはひとところに落ち着いて暮らしたり、別れのあいさつを交わしたりするような存在ではないことが、いまさらながらに感じられた。

私は果物売りの彼の優しい配慮のおかげで、誰かと分け合って食べてもお腹がふくれ、煙草の彼の家が路地沿いにあったおかげで、夜歩くのが怖くなかった。もちろん猫たちもその恩恵にあずかった。煙草の彼は、自分に果物を差し出す私を疑ったり、気まずく思ったりしなかった。彼はきっと、以前は、あるいはこの先、私のように誰かに果物を差し出すだろうと思った。

私たちは互いのプライバシーに触れることは最後までなかったが、そんなことはどうでもよく、そっと自分たちのそばを空けてやった。塀の前やトラックの下のように、またそこにあるまるい餌の器のように、なんでもない空間を堂々と占有させてやった。私たちは片隅で生きる人間だ。片隅の声は消えかかった火種のように危ういので、お互い声をかけ合って火を燃やしていかなければならないと思った。

べつに私がひとり優越感に浸って相手を憐れんでいるわけではない。なにか下心があったからでもない。私にもあり、他の人にもきっとある孤独を労(いたわ)りあいたいという思いで、私たちは小さな円を描いたのだ。

いまでもときどき彼らのことを思い出す。果物売りの彼はどこの町にトラックを停めているだろうか、足はよくなっただろうか、煙草の彼は相変わらず愛煙家だろうか、心の支えにしている人はいるのだろうか、と。

彼らも私を思い出すかもしれない。若い女が果物を買いにくるとき、かごにマクワウリを並べるとき、うずくまって煙草を吸うとき、野良猫になにか食べ物をやりたいと思うときに。

だから、性別も世代も違ったけれど、消極的なつき合いをし別れのあいさつもしなかったけれど、私はこれも友情だったのではないかと思いたい。

＊

夏に似た愛

今年になって初めて蟬の声を聞く。まだ力を出しきっていないようだが、鳴き声はしだいに熱を帯び、耳をつんざく。蟬は自分が短命であることを知っているがゆえに焦っているのだろうか。それとも知らないから一生懸命なのだろうか。

成虫になるまで土の中にいた時間に比べたら、ひと月に満たない寿命はあまりに虚しい。だから人間の耳には不快でやかましくても、下手に文句は言えない。いちばんつらいのは、ほかでもない蟬なのだから。

八月がいちばん熱い月である理由は、このような絶頂も衰退も持ち合わせているからだろう。

極暑のさなかに、自分の熱に堪えきれなくなった木が、そばの枝を燃やしてしまう場合があるそうだ。自然発火と呼ばれるもので、発熱した木みずからが火をつけるというわけだ。熱を追い払うために熱の中に飛び込む残酷なケースだ。ところが、このような運命はなにも木に限ったことではないようだ。

私は真夏の森を眺めるたびに、じりじりと焼ける木や、その周りにたちこめる煙を想像する。人を愛するのと似ていると思いながら。

夭折した歌手ラサ（Lhasa）の歌の中に「魂は、これ以上愛さないときに火をつける」という歌詞がある。一度聴いて忘れられなかったのは、私がそのような魂に出会ったことがあるからだ。

冷たい冬に、別れようとしている男女がいた。女は男と別れたかったが、男はそうしたくなかった。ふたりは無言でおなじ路をなんども歩いた。幼かった私は足が凍りそうになりながらも、女のあとをついていった。そのうち寒さと沈黙に耐えられなくなった女が立ち止まり、私を口実に家に帰りたいと言った。もう二度と会いたくないとも、はっきりと告げた。

男は悲鳴を上げた。こぶしで壁を叩き、髪を荒々しくかきあげながら泣いた。私は男のそんな姿を初めて見た。男の口から白い息がもくもくと出た。

どうしても別れるんだったら、この手首を焼くぞ！　俺がおまえをどれだけ愛しているか見せてやる！　男はそう言ってポケットからライターを取り出した。風が強く吹いていたし手も凍りついていたので、なんどもつけ直したが、男はとうとう自分の手首に火をつけた。真っ赤な火花と短い悲鳴が、同時にぴかっと光った。

私は走っていって男の足にしがみついた。女は動揺すらしなかった。そのとき男は気づいたはずだ。この愛も、自分が焼いた手首も、もう取り返しがつかないということに。私は男女の愛とか別れを知るにはまだ幼すぎたが、わからないまま理解してしまった。愛とは炎のごとく燃え上がる感情であり、別れとはその炎のせいで消えゆく感情だと。男は目に見えない炎を見せようと必死になったが、女はすでに、黒い灰と白い煙の時間に達していた。

偏屈なほどの激しい情熱は、いまに没頭することによって生まれる。朝から晩まで泣きつづけるのも、自分を傷つけるのもそうだ。熱い存在たちが耐えているのは、「いま」という時間なのだ。

私は彼らに比べるといくらか劣り、どっちつかずの人間だ。私には熱さが欠けている。いつもいまを超えて、冷たい未来に目を向けようとする。木の焼け跡や、八月が終わる頃に並んで死んでいる二匹の蟬、炎よりも高い空虚に。
しかし、詩人ガブリエラ・ミストラルはこう言っている。

あなたの目は静かな光を放つので、酒や情熱で目をぎらぎらさせている者たちがこう尋ねる。
「あの女の内面にあるのはどんな火なんだ？　くすぶりもしなければ燃焼もしないじゃないか」

ガブリエラ・ミストラル「芸術」

それなら私の中に光はないのだろうか。火は点けられなくても、あなたを明るく照らすことはできないだろうか。ほのかに私の愛を引き延ばすことはできないだろうか。

暑い夏を過ごしながら、私はそれを見守ることにした。

*

心のかぎりを尽くして来たから

鳥は天気によって違う音色でさえずり、トナカイは季節によって瞳の色を変える。私がとても好きな話だ。

森の中で耳を澄ますと、鳥がそうなのはすぐわかる。ぼたん雪が降るとき、台風が近づいてくるとき、よく晴れたとき、高低や速さが変わる鳥の声はもうそれだけで立派な音楽だ。鳥の声を楽譜にした作曲家がいたのもうなずける。

トナカイの瞳が金色から青色に、それからまた青みがかった金色に変わる瞬間はどうだろう。一年じゅうトナカイのあとを追わないかぎり、私がその神秘を目撃することはないだろうけれど。

だがそれと似た変身が、自然のまたべつのところにもあるのではないか。

私が訪れたのは湖だ。ヘンリー・デイヴィッド・ソローは一八四六年三月の日記に、氷が解けて春の兆しが感じられる湖をこう記した。「春の気配は、空よりも先に湖の面（おもて）に映る」

私がそれより少し遅れて四月の中旬に湖を見たとき、湖の面には淡いピンク色が漂っていた。数十本の桜の木が、周りから湖を抱きかかえていたからだ。満開になった桜がはらはらと花びらを落としはじめ、水面（みなも）で静かに揺れた。時折、花びらの積もったところをマガモがかき乱していった。

花見客も多かった。自転車でさっと通り過ぎていく人たち。カメラの前で動きを止めている人たち。立ち止まってはなかなか来ない犬を待っている人たち。道にはそれぞれの速度があり、色とりどりで美しかった。

ゆっくり歩いている途中、湖畔に並ぶベンチの前で足を止めた。ひとりの老人がベンチに座って湖を眺めていた。陽ざしの降り注ぐ彼の曲がった背中が見えた。

頭上で桜の木の枝が揺れると、老人の背中に垂れている影もつられて揺れた。彼がずっとおなじところを見つめていたので、私もなにげなくそこに視線を向けたら、よりによって皺のようなさざ波と、散り落ちた花が目に留まった。老人は花影の下で老いていた。

私は小さい頃から老いについて考えてきた。三十、四十になった自分にはあまり興味がなかったが、七十になったときの自分を見てみたかった。そこにたどり着くまでの人生を考えると気が遠くなるので、最後を思い浮かべる習慣がついたのかもしれない。

手足が木のように硬直し、息切れがし、目がよく見えなくなり、耳も聞こえなくなったとき、私はどんな気持ちで生きるのだろう。動くのを惜しみ、言葉を惜しみ、見たり聞いたりするのを惜しむだろうか。愛することを惜しむだろうか、それとも愛そのものを惜しむだろうか。

老人の体が軽くなるのは骨が脆くなるからでもあるが、そこには多くのものを断念して捨てたものの重さもあるだろう。

私は老人の背中を眺めながら、その裏側の胸の内に宿る色について考えた。

光を吸収したり反射したりするときに生じるのが色なら、胸の中になにかを入れたり出したりしながら生きる人間にも色があるはずだ。どんな染料を使っても出せない、燦然たる色がきっとある。なのに、自分は色褪せてしまったとか、とっくに色を失ってしまったと思う人もいる。それが老いるということかもしれないが。

よく三十、四十、七十という歳に意味を持たせ、「曲がる」という表現が使われる。私は人生を曲げるのはむしろ「事件（経験）」だと思う。たいていは悪い事件——個人の不幸とか世界の悲劇——が起こったときだ。だからか、私はまだ老いていないのに老いたと思うときがある。なにも失いたくないから、なにも受け入れない人間になったと。長く使うと体の関節が擦り減るように、心も擦り減る。だから〝人生百年〟というのは残酷だと思う。人間には百年も使える心はない。

人の色も褪せたり消えたりせずに、トナカイの瞳や湖の胸のように色を変えられたらどんなにいいだろう。季節によって。年齢によって。悲しみによって。そうなれば人生の曲がり角でも私たちは勇気を失うこともなければ、なにかを求めてさまよわなくても互いの中に美しさを見つけ、広い心をもって生きられるのに。

心のかぎりを尽くしてきたから、老いたんだね。

セサル・バジェホ「夏」

私が大切にしている言葉だ。

老人に畏敬の念を抱く理由は、私に残された苦しくつらい時間を生き抜いた人たちだからだ。また、老いるのはけっして後ろめたいことではなく、心のかぎりを尽くして生きてきた結果にすぎないと思うからだ。列車がゆっくりスピードを落としながら停まるように、老いゆく人たちも、揺らぐことなく、うまく止まるために徐行している。

一方私には、まだ見るべき風景が残っている。使わなければならない心ももう少しある。それらがあっというまに失くなってしまいそうで、あるいはみんな悲しみに使われてしまいそうで、出し惜しみするときもある。

その日、私は老人の後ろで、彼を慰め、自分を励ますために、この詩を口ずさんだ。老人には止まる力が、私には前に進む力が必要だ。だから私は老人の背中を見つめ、老人は湖の面を見つめる。

＊

永遠の中の一日

　アレクサンドロスはあらゆる世代に影響を及ぼし、尊敬される老詩人だ。ある日、自分の死を予感した彼は、身のまわりを片づけてどこか遠くに旅立つことにする。一方で、詩を完成させるために必要な詩語も探している。彼は内戦を避けて国境を越えてきた少年と出会い、ともに旅をすることになる。その途中、少年から三つの言葉を聞く。コルフーラームー（私の小さな花）、セニティス（異邦人）、アルガディニ（遅すぎた）。

　テオ・アンゲロプロス監督の『永遠と一日』という映画の話だ。

　アレクサンドロスが言葉を一つ手にするたびに、映画はある過去の時間へ滑り込んでいく。小さな花のような幼年の一日から始まり、内面が絶えず浮遊するために愛する人たちのそばにいても孤立していた中年の一日へと移り、最後は、ひとり過去を反芻する老年の一日だ。どれもある時期の一日を描いている。

最初のセリフはこうだ。

「地震で水没してしまった都市が、一度だけ浮かび上がるときがある」

そして最後はこういう問答でしめくくられる。

「明日はなんだろう」「永遠、そして一日」


この答えは、人によって受け取り方が違うだろう。目に見えない永遠よりも、いまこの瞬間を思いきり楽しむべきだと言っているような気もする。

そう思いながらも私は、どうしても「永遠」のほうに気持ちが傾いてしまう。それなら、永遠にはどんな意味があるのか。永遠がなくても、一日を大切にできるだろうか。

一日を完璧に過ごしたとき、私たちはその一日がずっと続いたらいいのにと思う。愛する人といっしょにいる時間を思い浮かべるとわかりやすい。心臓が鋼でできていないかぎり、一日しか存在しない愛に堪えられる人はいないだろう。だから、愛なんてつまらないとわかっていながら、「永遠」で包み込みたいと思う。

一日とておなじだ。永遠という布団がなければ、一日は少しもあたたかくない。だから私は映画の最後のセリフを、「永遠の中の一日」というふうに少し歪めて理解した。これはオクタビオ・パスの「風」という詩に出てくる、「現在は永続する」とも相通じるものがある。つまり、今日は永遠の中でなんども存在するのだ。やりきれないことに、永遠は人間が持つことのできない時間の中にある。なのに私たちには（少なくとも私には）、「持続」という考え方や、「持続」への憧れが必要なのだ。

死を前にして虚無に浸っていたアレクサンドロスも、幻想の中で三つの一日に出会って、「永遠」を自覚するようになったのではないだろうか。最後に、明日をも知れぬ余命わずかの彼がこんなことを言う。

「明日のために計画を立てよう」

物理的な状況とは関係なく、彼は「持続」することに勇気を得たのだ。

そこにたどり着くのに、アレクサンドロスには三つの詩語があった。私たちにもそのような詩語が必要だと思う。詩人でなくても、詩を書こうと思っていなくても。

詩語とは文字どおり、石ころ、刺、雲のような単語かもしれないし、誰かの顔や、事件かもしれない。それはとても深いところに潜んでいるので、簡単には見つからない。敏感に感じ取り、執拗に探さなければならない。そのためにはまず、闇の中にざぶんと飛び込む必要がある。

人は日々、今日を失う一方で、永遠は得られない。その喪失感を、自分だけの詩語が慰めてくれるだろう。なにかを望む勇気が、たった一日だけ浮かび上がる都市のように隆起するはずだ。

映画でアレクサンドロスが二度も ―― おそらく意図的に ―― こう言う。自分が好きな音楽をかけると、やがて向かいの部屋でもおなじ音楽をかける、と。彼はその人のことが気になったが、知らずにいたほうがいいと結論を下す。歌を返し合う存在がいることを知っただけで十分だと思ったからだ。

私もまた、こう自分を慰める。どこかに私のこだまがある。私はひとりでも、私の時間に同伴してくれるあなたの時間がある。私たちはおなじ永遠の中に生きている、と。

海から海のあいだに

海についてかっこいいことを（私が言おうと思ったのに）
カミュがすでに言っていた。

川や大河は流れて行くが、海は流れ、そしてと
どまる。忠実でしかも移り行く愛とはこうした
ものでなければならないだろう。わたしは海と
結婚する。

カミュ「夏」
（『新潮世界文学48　カミュⅠ』滝田文彦訳、新潮社）

初めて海を見たのは十一歳のときだった。それまでは川
があった。
川といえば、数千数万個のさざ波がめまいがするほど光

輝いていたことや、数え切れないほどの小石を投げてひとり遊んだこと、川に負われて眠ったように流されていた女性の死体を思い出す。川は静かで、気だるく、美しく、井戸のように不気味だった。さざ波はよく見ると羽を広げた鳥に似ていて、だからだろうか、川はいつも私をひとり残して去っていった。川の前で私はいつも寂しかった。

寡黙な川とは裏腹に、海はとかく騒がしかった。私のところに走ってきては、足首をとらえた。川は私をひとりぼっちにしたけれど、海はそっけない私のそばにやってきては声をかけてくれる、とても優しい友達だった。

海は私を笑顔にする。鬼ごっこでもするかのように行き帰りに水をぱしゃっとかけて足を濡らす波を見ていると、おのずと白い泡沫のような笑顔が弾けた。

かといって、楽しい記憶ばかりではない。

幼い頃に川で見たものを、大きくなって海でも見た。さっきまで目の前で笑っていた人が数分後に死んでしまう、その痛烈な隔たりを目の当たりにしたのだ。それがトラウマになっていたのか、道を歩いているときに、後ろから波が押し寄せてくる幻覚に襲われ、身動きできなくなることもあった。誰かに海に行こうと誘われても拒んだ。そうやって海を見ずに過ごした時期もあった。

にもかかわらず、私は海を心の支えとしている。魅惑に不安が重なり、喜びに苦しみが重なって、むしろ海から離れられなくなった。海と川、どちらか一つを選ぶことなんてできない。彼らが私の足首を濡らしては引いていき、また押し寄せてくるまで、私は直立不動の姿勢で待っている。

とくに心が傷ついたときは、海に行きたくてたまらなくなる。いつもは内気な私が、海の前ではいとも容易に心の中をさらけ出すのだ。ミダス王の理髪師が森に行って「王様の耳はロバの耳」と叫んだように、私は海に行って叫ぶ。海は私の秘密を知っても、告解を聞いた神父のように、誰にも漏らさないからだ。海で最も密度が高いのは、砂でも塩でもなく、秘密かもしれない。

サザエの殻に耳を当てると海の音が聞こえるというが、幼い頃、波の音を期待して聞いた私は、あれっと耳をかしげた。遥か遠くの方から吹いてくる風や、人の息遣いに似ていたからだ。しかしいまは、まさにそれらの音が海を作り上げていることを知っている。

海は、それだけで美しいのではない。海のそばでは、砂も、波の模様も、鳥や人の足跡も美しい。だから私は海のそばで暮らしたいと思う。歩いて海に行ける小さな家で。できれば知り合いもいない家で、ひとり、あるいはふたりで、変わらぬ心で儚く愛しながら。

大きな木を見るたびに思う。「私が死んだら木の下に埋めてください」と。

海を見るたびに思う。「その木は海の見えるところにあればいいな」と。

人生どうなるかわからないけれど、私の最期はどうか海から海のあいだに留まれますように。

＊

なにも知りません

月を見上げるたびに思い出す和歌がある。

恋(こひ)しさは同(おな)じ心にあらずとも今夜(こよひ)の月を君見ざらめや

源信明『拾遺和歌集』

愛する気持ちを装ったことがある。偽って愛するふりをしたという意味なのだが、それにはそうするだけの理由があった。

小さい頃、共稼ぎだった両親の代わりに、住み込みで私と妹の世話をしてくれたお姉ちゃんがいた。初めは遠い親戚のおばあちゃんがその役割をしていたのだが、ある日、「おばあちゃんは女中」と書いたメモが見つかり、おばあちゃんをずいぶんと怒らせてしまった。私と妹はともに追及され、私は、私が書いたんじゃないと言い張ったが、字が書けるのは私しかいなかった。「女中」という言葉をどこかで聞きかじった私は、それが「うちのおばあちゃん」と似た意味だと思っていた。そんな言葉がおばあちゃんを傷つけたことに私自身もショックだったし、許せなかった。そのうちおばあちゃんは田舎に帰ってしまい、代わりに今度は若いお姉ちゃんがやってきた。名前を「オンミ」と言った。

オンミお姉ちゃんは孤児で、数えで十九歳。学校には長いこと通っていなかった。私はそれについてなにも訊かなかった。「孤児」も「女中」みたいに、聞けば聞くほど悲しい言葉だったからだ。

お姉ちゃんはとりわけ私をかわいがってくれた。なんでも話してくれたし、どこかに行くときは必ず私を連れていった。八歳そこそこの私がお姉ちゃんの唯一の友達だったのかと思うと、胸が痛む。でも私にもお姉ちゃんしかいなかったので、寂しさはお互いに公平だったと思う。

家事をするだけでも精一杯だっただろうに、お姉ちゃんはどこでどう知り合うのか、恋愛もわりとよくしていた。好きな人ができると、真っ先に私に話してくれた。頬が真っ赤にほてり、手でパタパタあおぎ、しだいに笑い声が大きくなる。そんなとき、お姉ちゃんは真冬でも暑そうだった。人を好きになるとそんなに熱くなるのだろうか、と思ったものだ。

お姉ちゃんが熱心に語ったもう一つの理由は、その人たちに手紙を書くのが私の役目だったからだ。私の書く字は本に印刷された活字のようにきれいで、綴りもほぼ合っていた。誰が見てもおとなの筆跡だった。お姉ちゃんはうまく文字が書けなかった。そのことを秘密にしてあげたかったので、私は代筆を快く引き受けた。

恋を始めるには、まずは名前を変えなければならない。お姉ちゃんは自分の名前がダサいと思っていた。夜いっしょに布団の中であれこれかわいい名前を言い合っているうちに、「ウナ」という名前に決まった。

私たちは床にうつぶせになって、白い便箋の上で頭を寄せ合った。鉛筆は私が握った。ラジオからは歌手ユン・シネの「わたしは十九歳です」という歌が流れていた。

まず一行目にきちきちと「こんにちは。私の名前はウナです」と書いたが、そこで行き詰まってしまった。

「なんて書く？」お姉ちゃんは私の顔を覗き込んで訊いた。私に訊かないでよ、この人のことが好きなのは私じゃないんだから。そう言いたかったけれど、心から好きなふりをしなければ、気持ちを伝えることはできなかった。嘘みたいだが本当だった。

私は自分にオンミお姉ちゃん、いや、ウナお姉ちゃんだと言い聞かせた。お姉ちゃんの赤い頬を私の頬に移し、目元と口元からしきりに漏れる笑みも私の顔に刻みつけた。彼と話をしたり、いっしょに遊園地に行ってケーブルカーに乗りたい気持ちも、私の胸の中に入れ込んだ。

また、こんな場面も思い描いた。大学生の彼がお姉ちゃんの頭を撫で、お姉ちゃんは金持ちの家の娘のようにつんと取り澄ました顔をする。


こんにちは。私の名前はウナです。

十九歳です。私はなにも知りません。

私も大学生です。私たち、いっしょにお話しできたら楽しいと思います。そちらの下宿に遊びに行ってもいいですか？


ユン・シネの歌詞を少しばかり真似て、名前と仕事を少し変え、大胆に締めくくった手紙を封筒に入れたあと、お姉ちゃんと私は手で顔をあおいだ。

私は両親に内緒で、お姉ちゃんの代わりに彼の下宿のドアに手紙を挟みに行った。外は真っ暗で寒かったが、寒さを感じなかった。それだけ体がほてっていたからだ。

ふと私は立ち止まって、夜空を見上げた。満月が、私の心の中を映し出したかのようににっこり笑っていた。


私たちは彼の下宿に招かれた。文机を挟んで向かい合い、お姉ちゃんは一生懸命に大学生のふりをし、私はお姉ちゃんの実の妹のふりをした。字がとても上手ですね。ホホホ。ふたりの交わす会話も聞き取れないふりをした。

彼の背後の棚に並んだ分厚い哲学書がなんとなく不吉だった。長く話をすると嘘がばれそうで、私は気が気でなかった。でもその夜はとりあえず無事に過ぎた。

愛を伝えるために多くの嘘が必要だったお姉ちゃんと、愛がなにかも知らないくせに恋文を書いた幼い私。偽の姉妹詐欺団による夜の外出が、公訴時効がとっくに過ぎたいまでは懐かしい。

よく歩き、よく転びます

「どうしてそんなに転ぶのよ」と友人が言う。「ハイヒールを履いてるわけでもないのに」と私のサンダルを見下ろす。

私はよく転ぶ。歩いているときに転ぶので、速さのせいではない。たいていはよそ見をしているからだ。急がないからかえって足をとられるのだ。歩きながら横を見たり、後ろを見たり、空まで見上げるので、人や柱にぶつかることもしょっちゅうだ。

前を見てすたすた歩くなんて、私にとっては至難のわざだ。世の中には障害物が多すぎる。石と石の隙間に咲いた野花、ふいに飛んでいく鳥、むずかる子ども、ビニール袋から転がり落ちるりんご、そばを歩く人の垂れた目尻、月、など。

だから転んでもたいして動揺しないし、怪我をするのにも慣れている。しばらく痛みが続いても、体に傷痕が残っても気にしない。

ところが一度だけ、足首をくじいたときは平常心を失った。医者に絶対に歩くなと言われたからだ。

歩くなって!? 歩かずにどうやって生きていけばいいの? 歩かなければ私の心は居場所を失ってしまう。


初めは、石膏で固めた左足を眺めるのが楽しかった。寝転んだまま壁に足をのせ、ギプスの形に似た〝ㄱ（キオク）［日本語のカ行にあたる］〟で始まる単語を口ずさんでみた。川（カン）、柿の木（カンナム）、キリン、影（クリムジャ）、羽（キッ）、さつまいも（コグマ）、焼いも（クンコグマ）……。

その次の週には文章を作った。

そうよ（クレヨ）、鍋の中に入るんじゃなかったわ。焼いも（クンコグマ）がため息をついた。わらび（コサリ）がそばで慰めた。あぶられる（クスルリ）ときの気持ち、私もよくわかるのよね。もう寝ましょ（クマン）、お腹がすかないうちに。

最初は一週間と言われていたのが、二週間になり、ひと月になった。よくなったと思っても、ギプスを取ると一歩も歩けなかった。医者はなにかと私を叱りつけた。歩いたらダメだって言ってるでしょ。だからちっともよくならないのよ。私は無性に悲しくなり、疲弊していた。

ようやくギプスを外す日が来たが、歩き方がおかしくなっていた。左足に力が入らないので、地面から足を浮かせ引きずるようにして歩いた。長いあいだ硬い石膏包帯をたよりに歩いたからだった。右足はすぐに疲れたし、左足は相変わらず痛かった。もう二度ともとに戻らないのではないかと思うと不安だった。

私は通っていた病院をやめて、韓医院［主に鍼・韓薬・灸などで治療する医療機関］に行ってみた。そこの医者の言うことは整形外科とは正反対だった。ギプスをひと月余りもしたためにかえって靭帯が硬くなったのだと言った。私はなにがなんだかわからないまま、定期的に鍼治療に通った。

その日もベッドに横になって待っていると、医者が入ってきて言った。「左足を使うのが怖いでしょ?」　ベッドまで歩いていくときの私の歩き方を観察していたのだろう。医者は足首に鍼を打ちながら話を続けた。

「一度傷めた足だから、慎重になりますよね。また痛くなるんじゃないかって思うし。それでも左足に力を入れなきゃ。でないとどんどん弱くなるんですよ。怖がらないで、一歩踏み出してみましょう。大丈夫。歩いてみて」

医者がカーテンを閉めて出て行ったあと、再びひとりになった私は、なんだか心が晴れ晴れしたような、泣きたいような気分だった。足首を治してほしかっただけなのに、心を治してもらったのだ。

信号が赤に変わる前に横断歩道を渡りきるのに半年、駆け足でバスをつかまえるようになるまで一年、足首を曲げて座れるようになるまで二年かかった。回復するまでの長い時間を、焦らずにゆったりとした気持ちで過ごした。心の中の恐れは徐々に消えていき、そのぶん足首が大変なことをやりとげるのを見守った。

それでもまだかすかに残っている痛みは、その根気に免じて、体に留まらせてやるしかないと思う。

国境を越えること

もはや私の心は言葉を失くした
波も失くした
ハゲタカたちが再び飛んでいく
足の爪を血に染めたまま

ウラフ・H・ハウゲ「もはや私の心は言葉を失くした」

言葉を失くしたことがある。声は持っているのに、言葉を発することができなかった。話したい気持ちを失ったからだ。

私から言葉を奪ったのは悲しみだった。そして、それを取り戻すだけの力が私にはなかった。

その頃、私はマルセル・マルソーに出会った。

無言劇俳優だったマルソーは六十年間、非言語によって話を伝えた。彼は顔を白塗りにし、赤い花飾りをつけた帽子をかぶり、〝ビップBip〟というキャラクターに扮した。短いけれど深い感情が圧縮された彼のパントマイムは、言葉を発さずに体一つで詩を書いたと評された。

彼はフランス生まれのユダヤ人で、ナチスのフランス侵攻にともない家族とともに避難した。途中、父親は捕らえられ、アウシュビッツで亡くなった。彼はレジスタンス運動をする一方で、演技とパントマイムへの変わらぬ愛情を育てた。自分の才能を生かして、孤児院にいたユダヤ人の子どもたちが中立国スイスに無事逃げられるよう手助けもした。子どもたちが怖がらないようにボーイスカウトのリーダーの真似をして、あたかもこれからみんなで冒険の旅にでも出かけるように思わせたのだ。

長い時差と空間の幅を隔てて生きている私も、マルソーに助けてもらった。彼の動きを真似しているうちに、言葉が話せない恐怖も前より薄らいだ。私の悲しみも冒険のようなものかもしれない、そう思いながらとにかく歩き続けた。

ずっと記憶に残っている一日がある。その頃、私はパントマイムを習っていた。その日も地下の練習室にいたのだが、休憩を取るために階段を上っていき、玄関でぼんやりしていた。まだ言葉を取り戻していない頃だった。

向かいの低い塀の前に、誰が撒いたのか、たらい一杯分のまるい陽だまりが見えた。べつにめずらしい光景でもないのに、初めて見るような気がした。その陽だまりをじっと見つめているうちに、ふと思った。あっちに渡ってみようかな、と。

十歩足らずで向こう側に着いた。そして、そのまるい陽だまりの中に入ってみたら、私の体がすっぽり収まった。首筋と背中にぬくもりが沁みてきた。

しばらくして私はもとの場所に戻った。再び地下室に下りて行く前に、もう一度陽だまりを遠くから眺めた。

あんなことがあったのに平気な顔をして生きていくなんて無理よ。そんなの偽りの人生でしょ。なのにほら、陽だまりが見える――そんなことを思った。いや、もう少しで声に出すところだった。

私はきっともう以前のように未来を楽観視したり、心を開いて人を愛することなんてできないだろう。どうしても最期や死を真っ先に考えてしまうだろう。でも、日陰にいながら陽だまりを眺める人、自分だけの陽だまりがあることを知っている人、陽だまりから離れてもぬくもりを信じる人にはなれそうな気がした。

そのとき気づいた。私は国境に近づいたのだと。

一つの冒険が終わろうとしていた。私は立ったまま、幼子みたいに今にも泣きだしそうだった。

＊

みんなきれいなのに、私だけカンガルー

エミリー・ディキンソン。一八三〇年生まれのこの女性ともし隣人だったら、親しくなっていたかもしれないと思う。時代の隔たりや性格の違いはあるけれど、私たちの魂はどこかしら重なり合うところがある。私は努力しなくても彼女のことがわかる。

誰かの人生をめぐる噂を、私はいつも冷ややかな気持ちで聞く。アルトゥル・シュニッツラの小説にも出てくるように、ひとりの人生を客観的に見つめるだけでは、その人の最も内なる真実を知ることはできないと思うからだ。真実ではないことの羅列に、耳をそばだてたくない。隠遁者だったエミリー・ディキンソンにはあれこれ噂が立った。当時としてはめずらしく独身を通した彼女のことを、理由もなく結婚しないはずがないと決めつける人たちは、既婚者とつき合っていただの、同性愛者だっただのと噂しただ

ろう。また、家の中にとじこもり、ある時期白い服ばかり着ていた彼女を見て、ひ弱で神経質なところがあると勝手に決めつけたかもしれない。ある意味それらが事実だとしても、彼女を深く理解するのに必要な情報だとは思わない。私はむしろエミリー・ディキンソンという人を、もっと軽やかに、このように思っている。

彼女は独身でいたいから独身で生きた。外の世界に出てみたけれど、これといって心惹かれるものがなかったから隠遁した。白い服を着たときの自分がいちばん素敵だと思ったから、白い服ばかり着た、と。それだけのことだ。

私の仕事はぐるぐるまわることです
慣習を知らないからではなくて
夜が明けるようすに魅入ったり
夕日が私を見ているとそうなるんです
みんなきれいなのに私だけカンガルーなんですよ、先生

エミリー・ディキンソン「みんなきれいなのに、私だけカンガルー」

エミリーが評論家のヒギンソンに送った手紙の一部だ。どの詩もそうだが、彼女のことがよくわかるとても好きな文章だ。

「ぐるぐるまわる」と意訳されているこの単語は、本来ある場所や物を縁どるようにまわるという意味で、私はこれを「散歩」だと思っている。エミリーには蟄居のイメージがつきまとうけれど、実はとても誠実な〝散歩者〟だったのではないだろうか。彼女は朝夕に、また詩を書いているうちに迎えた明け方にも、自宅の庭を歩いたはずだ。

私は夕暮れどきの野原でカンガルーの群れといっしょにいたことがある。ここと反対の季節を生きる、遠い国でのことだ。カンガルーは静かでおおらかな動物だ。こちらから挑発しないかぎり、人間を襲うことはない。じっと休んでいるのかと思ったら、急にぴょんと体を浮かせて移動する、その優雅な姿に目を奪われる。だから、エミリーはすねていたけれど、私にとってのカンガルーは、日が昇ったり沈んだりするのとおなじくらい美しい存在だ。

草原をつくるのはクローバーと蜜蜂
一本のクローバー　一匹の蜜蜂

そして空想
空想だけでいいとも
蜜蜂がいなくても

エミリ・ディキンスン「草原をつくるのはクローバーと蜜蜂」
（『わたしは誰でもない』川名澄訳、風媒社）

ちっぽけでしがない暮らしを豊かにするためには、まずはクローバーを一つ見つけること。それから夢を見ることだ。ここで言う「夢」とはイメージとか空想を意味し、エミリー・ディキンソンにとっては詩を書くことにつながる。

彼女は生前、無名の詩人だった。一八〇〇篇余りの詩を書いたが、そのうちのいくつかを仮名でなんとか発表しただけなので、名前は知られていなかった。おそらく誰も彼女のことを詩人とは呼ばなかったはずだ。

しかし有名になるのが人生の目的ではない人にとって、また自分の名前が広く知られなくても存在は消えやしないと思っている人にとって、「無名」はなんの意味があるだろう。彼女は「無名人」という詩でもこう言っている。「私は無名人です。どんなにつらいことでしょう、有名人になるというのは！」

彼女は二十代の後半から外出しなかったという。その年頃の私にも隠遁したいという願望があった。人間や生活に幻滅したからではなく、ただ目立たない暮らしがしたかった。もし私が自分の思いどおりに生きていたら、エミリー・ディキンソンと似たような人生を送っているのではないだろうか。

日々詩を書き、庭の手入れをし、生姜パンを上手に焼いたエミリー。家の前に集まってくる近所の子どもたちに飴玉をやりたくて、窓からかごを下ろしたエミリー。孤独も苦痛も偽りがないから好きだと言ったエミリー。自分らしく生きるために、誰かを真似て生きることを拒んだエミリー。

詩人と呼ばれる前の、ひとり飛び跳ね、孤独なカンガルーを思わせる彼女の無名時代を、私はとても愛している。

ひと晩のうちにも冬はやってくる

二十歳のときから四年間、私は安城（アンソン）という街で暮らした。〝安城湯麵（アンソンタンミョン）〔即席麺の商品名〕〟の安城だと言うと、たいていの人は納得する（本当に安城は〝安城湯麵〟の街だ）。

しかし専攻を訊かれて「文創（ムンチャン）科〔文芸創作科の略〕」だと答えると、相手は頷きながら、門（ムン）と窓（チャン）を作る学科かなと思う。それをわざわざ大学で学ぶ必要があるのか、と不思議がりながら。あるいは、勝手に舞踊科か演劇科かなにかだろうと思い込み、あとで知って「文創科っぽく見えないね」と言う人もいた。どんな顔をしていたら文創科っぽいのかわからないが、いずれにせよ、そう言われると悔しかった。その頃の私は文学に対して純粋な気持ちを持っていたし、誰であれ、相手が私の顔からそれを読み取ってくれることを願ったからだ。

水道つきの狭苦しい二坪の部屋で、私は一人暮らしを始めた。おなじような部屋が十ほどあり、庭に汲み取り式の共同トイレがある家だった。部屋のドアが壊れていて、きちんと閉めたり鍵をかけたりすることができないのに、遠くの町に住んでいた大家は、なかなか修理に来てくれなかった。しかたないので、私は風や人の声を聞きながら暮らした。私の暮らした二階の部屋の窓からは、周りの似たような家々や、田んぼや畑、ラーメン工場がよく見えた。空気中にいつもスープの匂いが漂っていたので、ラーメンを食べなくても食べた気分になれた。

ある日の夜、屋上に洗濯物を取り込みに行ったら、となりの部屋に住んでいるという女性がいた。三十代半ばに見えるその人は、もう少し老けて見える男性と酒を飲んでいた。彼らは広げた新聞紙の上に座っていた。女性にいっしょに飲まないかと勧められ、私は遠慮なくとなりに座ってビールを飲んだ。男性はタクシーの運転手で、女性は居酒屋で働いていると言った。ふたりは私にいずれ作家になるのかと訊き、私は酔っぱらった勢いでそうなりたいと答えた。かっこいいね、自分たちとは違う人間だね、と言うのを聞いて、私はきまずくなり、心が痛んだ。そのうち彼女が星がいっぱいだと言うので、私たちは顔を上げてしばらく夜空を眺めた。

私はちゃぶ台の上で、かっこいいとは言えないが、詩を書いた。大学にはあまり行かないひねくれた学生だったが、詩創作の授業だけは休まなかった。

詩創作の先生は、授業のとき以外にも私の詩を読んでくれた。具体的な指摘をしてくれるわけではなかったけれど、きみが熱心に詩を書いているのがうれしい、よくやっている、と言った。その励ましのおかげで、私は詩の書き方も知らないくせに書き続けた。恥ずかしげもなく自作詩を一冊の本にして、周りの人に配ったりもした（懸賞金をかけてすべて取り返したい）。

当時、競争率の高い学内アルバイトの中に「捕盗隊（ポドデ）」というのがあった。朝鮮時代の捕盗庁（ポドチョン）［犯罪者を捕える官庁］をもじったというのも滑稽だが、夜のキャンパスをパトロールする役に私が選ばれたというのだから、聞いてあきれる。ジュースの蓋もうまく開けられない私が。でも私は歩くのが好きだし、夜のキャンパスにはキスをする恋人たち以外に危険なものはなかったので、無事にアルバイト代をもらった。

お金が入ると、私は仲のいい友達にビールをおごった。彼女はアメデオ・モディリアーニの描く女性たちのように、顔と首が長かった。私たちは性格も趣向も、書く詩も違ったが、年がら年中浮ついた人間だという点では似ていた。春にも夏にも秋にも冬にも、季節に関係なく感傷的になる、静かで奇しき霊魂たち。

友達はおそらくタイトルに惹かれて買った、『死にたいほど悲しい』という詩集を居酒屋に持ってきた。薄紫色の表紙には、ロシアの詩人アンナ・アフマートヴァの横顔があった。詩人の人生には、三回の死別、息子の死、出版禁止などの不幸が、息がつまりそうなほどぎっしりと詰まっていた。若い頃、パリでアメデオ・モディリアーニとほんの少しつき合ったという噂もある。モディリアーニの描く女性に似た私の友達が詩を読んでくれた。

私はあなたの妻にならなくて
幸いだった
太陽の記憶は心の中で弱まる

これは何？　暗黒？
きっとそうだ！　ひと晩のうちにも冬はやってくる

アンナ・アフマートヴァ「太陽の記憶」

友達は最後の「ひと晩のうちにも冬はやってくる」というところを二回繰り返し読んだ。「キャー」と感嘆の声を上げたのは、その詩句のせいだったか、それとも冷たいビールのせいだったか、覚えていない。

どれだけの不運が私たちを待ち構えているのかも知らずに、ただ本の中で経験する不幸に身を震わせた二十歳の私たち。本当にあらゆるものがひと晩のうちにやってきた。暗くて冷たいものは、それだけ早く。詩人にはなれなかったけれど、詩人の不幸は私たちのものになった。

私は屋上で貧しくて優しい隣人に打ち明けた自分とはかけ離れた人生を送った。詩を書いた時間の二倍も三倍も、詩を書かずにただ生きてきた。その間、詩の先生は亡くなり、悲しいかな、私は先生の期待に応えたいという思いを捨てた。

それでもよく、安城の寒い部屋でかじかんだ手に息を吐きかけながら詩を読み、詩を書いていた頃の自分を思い出した。その記憶は、壊れたドアがそうだったように、ちゃんと閉まらずガタガタ揺れた。純粋な気持ちなどとっくになくなってしまったが、新たな気持ちがそのドアから入ってこようとしていた。

つまるところ、文学とは門と窓を作ることなのかもしれない。頑丈な壁に穴を開けて通路を作り、そこになにかを出入りさせ、ときには出入りできないようにして、内から外を、外から内をうかがうこと。

私はいま、私が持っている中でいちばん頑丈な木を裁断し、やすりをかけている。これでまた長い月日の隙間を、ひと晩の隔たりを、埋められるのではないかと期待しながら。

夢とおなじ材料でできている

一

夢うつつという言葉がある。

うつつを意味する「キョル」という単語は、ある時や、時間と時間のあいだを表したり、木や水、肌のきめなどを指すこともある。前者は目に見えない概念なので、他の単語と結びつくことによって曖昧で相対的な世界を見せ、後者は目にはっきり見えるし手で触れられるので、単語に体の感覚を与える。だから「キョル」はどちらの意味であれ、「夢」という単語と相性がいい。夢は実在しないけれど実感できるものだし、夢を見るということは精神的なものと深くつながっているが、つまるところは体で感じるものなのだ。

私は小さい頃、よく夢うつつで歩いた。体は布団を跳ね飛ばして部屋を出るのだが、実は目が覚めていない状態だった。リビングを歩きまわるときもあれば、家の外に出てしまうときもあった。

小さな体が巨大な闇の中を亡霊のようにさまよう。パジャマに冷たい夜露をつけて歩いているところを両親につかまえられ、再び布団に寝かされる。そのときのイメージは夢か現実か区別がつかないまま、私の体に残った。夢遊病だ。子どもがみんな経験するわけではないが、成長するために欠かせない場合もある。

これはただの病名に過ぎないので、心の中までは解明してくれない。私はなんとかしてそれらの夜のことを突き止めようと思った。夢の中でなにを見たのか。なにが見られなくて悲しく、怖かったのか。歩いてどこへ行こうとしたのか。しかし夢は、なにも語れないように私の口を封じた。

ある日、忽然と病気が治ったことに安堵して私は成長したけれど、歩けなかった分は消えてしまったのではなく、あたかも捨てられた靴のように、私の体の中に溜まっているに違いない。なぜなら私は逆らえない力に背中を押されて、夜の散歩に出かけるおとなになったからだ。溜まっている靴のなかから一足を取り出し、かかとを踏んづけて履き、行けるところまで行って帰ってくる。

いまでは夢うつつではなく、うつつ（現）でそうしている。

二

眠っている私を誰かがじっと見ているような気がした。そっと目を開けたら、若くて上品な女の人の顔があった。その人は真っ白な服を着て私を見下ろしていた。私に見られるとは思っていなかったのか、慌てて閉まったドアをすり抜けて逃げてしまった。私はその光景に驚く暇もなく、飛び起きてその人のあとを追った。

冬の真夜中だった。通りには誰もいなかった。いくら見まわしても、女の人の姿はもう私の目には見えなかった。

私は屋上に行き、黒い窓のついた家々をぼんやりと眺めた。向かいの小さな窓にも灯りは点いていなかった。私の愛する人の家だ。彼は寝ているのではなく、帰ってきていないのだ。彼がなぜ私を愛していないのかを思い出さないように、消えてしまった幽霊のことを考えた。幽霊のまなざしがあんなに穏やかでいいの？　恨みつらみがなくても安らかに眠れないものを？　そんなつまらないことを。

もしかしたら彼女は、自分がさまよっている夜がどれだけ静寂なのか、私に見せようとしたのかもしれない。シェイクスピアは、人間は夢とおなじ材料でできていると言ったらしいが、同時に、幽霊の寂しさともおなじ材料でできていることは知っていただろうか。

三

夜、家に帰る途中、路地の奥で三本足の猫に会ったことがある。私は立ち止まって猫の欠けた足を――つまり、空いているところを見つめた。猫も動かずに、じっと私の目を見た。私たちはしばらくのあいだ向き合っていたが、ほぼ同時にふりかえった。

消えた猫の足がどこにあるのか、私にはわかる。おそらくどこかの子どもの夢の中で歩いているはずだ。朝になるとその子はなにも覚えていないけれど、なぜか少し泣きたくなるはずだ。

＊

夕暮れただけ

ある人とカフェで話しているうちに夕刻になった。

窓越しに見えていたテーブルと椅子は片づけられ、そこに私と彼の顔がぼんやりと映りはじめた。彼は話を続け、私は耳を傾けて笑みを浮かべつつ、内心焦っていた。

私の中には煙突がある。夕暮れどきになるとそこから煙がもうもうと立ち昇り、私はその煙の中に閉じ込められ、いなくなる。自分がよく見えないから少し怖くなる。

仄暗さの前でなすすべがなくなるのは私だけではないのか、リルケは夕暮れどきをこう説明している。


それらはあなたをどこにも完全に属させない。

ライナー・マリア・リルケ「夕暮れ」

周りの照度が低くなり、屋根と木と誰もいないブランコに、うす暗い影が落ちる。鮮明さを失うとき、すべての存在が寂しくなる。私たちが誰かを愛するときに意気消沈しがちな理由も、それと似ている。人の心なんてしょせん、朝も昼も夕暮れどきのようなもの。私は「夕暮れどき」の前で、老人のようにかすんでよく見えない目を擦(こす)るのだ。

　はっきり見えないと、知らないものだと思いがちだ。視力が悪い私にはよくわかる。道端に座って膝に顔を埋めている人がいたので近寄ってみると、ゴミ袋だった。吐瀉物だと思って急いで足を上げたら、散り積もった桜の花だったこともある。木の枝にかかったバナナの皮を見て「レンギョウが咲いてる」と言ったばかりに、友人にさんざんからかわれた。

　こんなエピソードなら苦笑いして済ませられるが、誰かがわからなくなったら笑いどころではない。それが自分自身ならなおさらだ。

　時折、無性に誰かに訊いてみたくなることがある。あなたは自分が見知らぬ人に思えるときがありませんか、と。

私は小さい頃、なんども引っ越し、転校した。別れのあいさつも、知らない人の前で自己紹介をするのも、慣れるどころか、すればするほどつらかった。クラスメートたちは転校生の陰口をたたいたり、おかしな噂を流したりした。ずっと横目で睨みつける子もいた。学校ではひとりベンチに座り、夜は布団の中で泣いた。どこにいても「ここはどこだろう」と思った。そこには当然「私は誰?」という問いもプラスされた。彼らにとっての見知らぬ私は、私自身にとっても見知らぬ存在だった。

私が高校生の頃は、正規の授業が終わったあと、みんな学校に残って勉強しなければならなかった。騒がしい夕食の時間が過ぎ、静まり返った教室で問題集をめくる音だけが聞こえるときが、私にとっては峠だった。私は教室のいちばん後ろのドア付近に座り、クラスメートたちの後ろ姿を眺めた。うす暗い蛍光灯の下で、夕暮れのシルエットが彼らの体を覆っていた。するとまた、私の中から煙が立ち昇る。ここに来るべきじゃなかったのに。かといって、どこに行けばよいのかわからなかった。

私は静かに机を教室の外に出した。机に上がって爪先立つと、廊下の天井近くにある西の窓から空が見えた。夕焼けがあるときもあれば、ないときもあった。この世にはなぜ西があるのか、西はなぜ美しいのか、美しいのになぜ怖いのか——そんな答えのない問いを、そこに立っているといくらでも投げかけられた。目の前の風景が、見え透いたマジックのように暗やみに染みていき、自分の顔が窓に映るのを見てようやく、私はしぶしぶ机から下りた。

そんな私の「夕暮れの鑑賞」はしばらく続いたが、あるときから机に上がって窓の外を見る代わりに、机の上に詩集を出して読みはじめた。詩の中にも西はよく出てきたし、私のように西を眺める顔たちがあった。

家にいるときは、灯りを点けずに夕刻を迎えるほうだ。急いで暗さを追いかけたくないからだ。その代わり、声に出して詩を読む。夕暮れどきは黙読より朗読がいい。唇のあいだから出てきた黒い文字が鳥のように飛んでいく想像をしながら、詩と夕暮れはよく似合う伴侶のようだと思う。曖昧さと曖昧さ、見慣れないものと見慣れないもの、昇華と昇華の出会い。

まさにそのために詩も夕暮れも難しいのだが、いつしか私はそれを支えにしてどうにか生きている。明瞭で見慣れたもの、消えないものは、この世のどこにもないということを知ったからだ。

私が夕暮れどきに愛読している詩集は、リルケが晩年に十年かけて書いた『ドゥイノの悲歌』だ。例えばこんな詩句がある。

愛する人たちよ、どこにも世界は存在すまい、内部に存在するほかは。
われわれの生は刻々に変化して過ぎてゆく、そして外部はつねに痩せ細って消え去るのだ。

リルケ「第七の悲歌」(『ドゥイノの悲歌』手塚富雄訳、岩波書店)

「変化」という言葉には、訳者の注釈がついている。「目に見えるものを見えないものに移し替えること」と。まさに夕暮れのなすこと、夕暮れどきに起こることだ。

世の中とのつながりに違和感をおぼえるのは、もしかすると私の内部の世界が私という存在と切り離されないように奮闘している証拠かもしれない。私がどこにいるのか、何者なのか、永遠にわかってもらえなくても、探し続けようという意志のようなもの。

夕暮れはそうやって、詩を読む私とともに老いていく。

＊

窓が一つあれば十分

多くの人は「風が私たちを運んでゆく」と聞くと、アッバス・キアロスタミ監督の映画を思い浮かべる［邦題は『風が吹くまま』］。そもそもそれはイランの詩人、フォルーグ・ファッロフザードの書いた詩の題名だった。映画の中で主人公たちは詩人の名前を挙げ、詩もいくつか読む。

詩人は十六歳で結婚し、離婚と同時に息子の親権を夫に奪われ、自ら命を絶とうとした。のちに映画製作者、詩人として認められ、安定した人生を送っているかのように見えたが、突然の交通事故で死亡した。それらはすべて三十二歳までに起こったことだ。短い人生を精一杯生きた人である。亡くなる数年前に書かれた「風が私たちを運んでゆく」に見られる、「恐れ」「絶望」「虚無」「愛」「生の熱気」などの詩語は、まさに彼女の魂に偏在していたものではないだろうか。

ところで、それらの熱気から少し離れていま私が読もうとしている詩は、彼女の墓碑にも刻まれているこちら。

愛する人よ
私の家に来てくれるなら
どうか灯りを一つ持ってきておくれ
それに窓も一つ

フォルーグ・ファッロフザード「贈り物」

私は「窓」という言葉に注目する。遺稿詩集に収録された「窓」という詩にもその言葉が出てくる。

わたしには一つの窓でじゅうぶん

知覚視覚そして静寂のための窓一つで

フォルーグ・ファッロフザード「窓」
(『現代イラン詩集』鈴木珠里訳、土曜美術社出版販売)

いつからだろうか、窓は私のそばに四角い本のような形で存在した。私は子どもの頃、目を輝かせながら窓が聞かせてくれる口演に耳を澄ませた。本物の本も何冊かあったけれど、窓の外から聞こえてくる話のほうが面白かった。窓は通り過ぎていく言葉や音を瞬間的にとらえるので、どれも途切れ途切れだった。だから私は聞けなかった分の話を想像で埋め合わせた。笑い声が聞こえてきたらいっしょに笑い、けんかする声が聞こえてきたら無性に胸騒ぎがした。

夜は布団の中で、列車が通り過ぎる音を窓越しに聞いた。そのたびに窓ガラスがかすかに震えた。一回、二回、三回。列車を数えていると、夜がどれだけ深まっているのかわかった。眠れないときは、線路の枕木に頭をのせて、真っ黒な空に浮かぶ星を見上げた。

もちろん、想像の中で。

列車は長い長い時間をかけて去っていくので、私は自分の声と車輪の音のうちどちらが長いか賭けをしようと、あーーーと声を出してみたりもした。

だからといって、いつも窓の内から外を盗み見たり、盗み聞きしていたわけではない。ときには本の中にも飛び込んだ。

おとなたちが寝静まった夜には、オンミお姉ちゃんといっしょに窓から外に出た。夜の外出はもちろん禁じられていたので、玄関から出るわけにはいかなかった。私たちの逸脱と冒険には、小さな窓がちょうどよかった。

お姉ちゃんと、お姉ちゃんの彼氏と私の三人は、近くの遊園地まで歩いた。そこにあったケーブルカーは、しょっちゅう墜落事故を起こした。錆びたケーブルカーのそばの草むらに寝転んで、あれに乗ったら私も堕ちて死ぬのかな、などと考えているあいだ、お姉ちゃんと彼氏はキスをした。人目を忍んで会って、暗がりの中で絡み合う幼い恋人たちは、墜落したケーブルカーのように痛ましかった。

私も自分なりに夜を楽しんだ。茂みのほうから漂ってくる甘い香り、黒い湖の水際が波打つ音、澄んだ風の感触のようなものが、体に刻まれた。

窓をもう越えられなくなったとき、私の子ども時代は終わりを告げた。


私はおとなになっても、いつも窓辺にくっついていた。窓から外を見るのが好きだった。誰かが私に近づいてくるのも、私を騙すのも、私から離れていくのも、すべて窓から見た。あるときは窓を閉めて怯え、またあるときは、窓を開け放して行き交う人たちに手を振った。つまり、窓を自分の心のように、自分の言葉のように、使ったのだ。

雪をまるめて私の部屋の窓に投げたと白状した人がいた。そのとき私は家にいなかった。彼は私の名前を呼びながら、誰もいない窓にそうしたのだ。電話をしてくれたらよかったのに。でも、どうしても窓から入りたい気持ちもある。その日、彼が投げたのは、まるい形にした自分の気持ちだったにちがいない。

窓には名前を呼ぶ声がくっついたり、雪や石ころに装った本当の気持ちがよぎったりする。それらは隠れていても、暗くなった窓が外の風景を消し私の顔を映すのを見ると、こっそりその上に顔を重ねる。

ファッロフザードにも私にも窓が必要だった理由は、それが想像であり、理解であり、
必ず一度は鏡になるからかもしれない。それらを前にしたら、ただ沈黙するしかない。

＊

灰色の力

午前中を通じて
今朝は暗さを増していった。

シルヴィア・プラス「霧の中の羊」
(『シルヴィア・プラスの愛と死』井上章子訳、南雲堂)

今朝、窓から見える世界は、夕方のようにうす暗い。灰色の力は強い。屋根も木も、その下を通り過ぎる人たちも、無彩色にしてしまう。私はふりかえってリビングの床に散らばっている何冊かの本を見る。そこにもすでに灰色が浸透している。ついでに灰色の歌を一曲かけてみる。「Mad Girl's Love Song」。Carol Anne McGowan がシルヴィア・プラスの詩に曲をつけたものだ。

私が目を閉じたら、世界が死んで落ちてしまう。
まぶたを持ちあげたら、すべてが生まれ変わる。

チェ・ヨンミ「狂った女の愛の歌」（『詩を読む午後』、ヘネム）

I shut my eyes and all the world drops dead.
I lift my lids and all is born again.

この冒頭の部分は原文で読むと落下の寂しさがより感じられ、リフレインのようだ。シルヴィアがこの詩を書いたのはこの世を去る十年前だったが、奇しくも自分の未来を予見して記録したようにも読める。閉じた目を開け、ふたたび閉じた詩人の最期の顔が、この二行に重なって見える。

曇りの日はあらゆるものが落下する。鳥は羽を落とし（低く飛び）、雲は雨のしずくを落とし、人は気分を落とす。ふつうはそれより婉曲的に「沈む」という言葉を使うけれど。

私は曇りの日を優しい気持ちで迎えるほうだ。霞んだ光、ぼんやりと見える物たち、ずっしりと重く広がる香り。曇った日は、すべてが静かに自分の存在を顕わす。私の中にある言語や非言語すら静かだ。その世界があまりにも穏やかで満ち足りているので、ずっとそこにいたいと思うほどだ。

まぶしいほどに輝く陽ざしはぬくもりを与えるが、同時に対象を色褪せさせる。強すぎる光の中では、露出オーバーになった写真の中の被写体がそうであるように、私が背景の中に薄まったり、本来とは異なる姿になってしまう。

だから、本当の気持ちや誓いは曇りの日に伝えたほうがいいと思う。陽ざしは愛おしいけれど、雲と雨は信頼できる。

沈潜（ちんせん）［心を落ち着けて深く思索し、没入すること］すると、表面的なものと距離ができ、必然的に深みを得る（それは力になりうる）。だが同時に重みも得る。私が重みを感じるときをふりかえってみると、そこにはつねに行き過ぎた自己愛やうぬぼれが潜んでいた。自分を大きく見せようとするあまり憂鬱になるのだ。気持ちが沈んでいるときは、自分の感情や存在を膨らませようとしているのではないか、と見つめ直さなければならない。

G・K・チェスタトンは『正統とは何か』でそうした重さの害悪を説明しながら、自己に重きを置くのではなく、自己を忘れてしまうほど快活になるべきだと強調した。厳粛さは人間からおのずと滲み出るものだが、笑いはある種の飛躍だからだ。重くなるのは易しいが、軽くなるのは難しい。

つまり、足首に錘をつけることも、手首に風船を巻きつけることも忘れないでという意味だ。両極を行き来するのではなく、一度に二重の感情を抱擁せよということだ。錘をつけるときには風船を思い、風船をつけるときには錘を忘れないこと。

人生の節目に、喜んで沈んだり浮かび上がったりする選択が必要なら、傍点は「喜んで」に打つべきだろう。喜んで落ち、喜んで生まれ変わること。重さに負けずに深さを得ることは、そうやって可能になるのではないだろうか。

朝が暗くなっている。読みかけて伏せてあった本の上に、灰色の猫が寝転がる。猫は本を読まないが、本をこよなく愛している。とても軽く愛している。遠くにいても喜んでやってきて、その上にごろんと横たわって眠ってしまう。

今日は灰色の上に灰色の猫が重なって、色の区別がつかない。私は毛だらけの本を取って読みはじめる。それがうれしいのか、本はごろごろ喉を鳴らす。

真実はゆっくりとまぶしくなければ

映画『僕の村は戦場だった』のワンシーン。

少年と、少年の母親が井戸の中をのぞいている。母親が言う。

「深い井戸の底では、よく晴れた昼間にも星が見えるのよ」

少年は、どうして昼間に星が見えるの？ と訊き返す。

母親は言う、「私たちにとっては昼だけど、星にとっては夜なのよ」と。


以前、閉鎖病棟で住み込みのボランティア活動をしたことがある。十代から六十代まで百人余りの女性たちがおなじ階で生活していた。彼女たちには帰る家もなく、家族もいなかったので、それぞれの生涯をそこで過ごしているところだった。私たちは互いを「姉妹（シスター）」と呼んだ。初めはただそう呼んでいただけだったのが、数か月後には本当の姉妹のように親しくなった。

　その日、私は夜の当直だった。夕方から翌日の朝まで寝ずに、なにか事故が起こらなかったか、容体の悪い人はいなかったか、などを注視して記録しなければならなかった。食後に薬を配ったあと、舌の裏に隠して飲んだふりをしている人はいないか確かめた。彼女たちはテレビを観たり、おしゃべりをしながら時間を過ごし、九時ごろになるとみんな横になりたがった。薬が効いてくるからだ。

　消灯後はひと息つくのだが、緊張を緩めてはならなかった。彼女たちの症状や性格を知り尽くしていても、予測できない発作がいつでも起こりうるからだ。

　私はリビングにある椅子に座って、窓の外を眺めた。すべての窓の外には格子がついていたので、夜はいくつもの断片に区切られていた。それぞれの黒い断片には、星が刺繍されていた。

　三時間ごとにそっとドアを開けて姉妹（シスター）たちの安否を確かめた。すやすやと寝息が聞こえてきたら、彼女たちが病気だということを忘れられた。自傷行為をしたり、泣いたり、幻覚を見ていた昼が遠ざかり、ごく平凡な人にしてくれる睡眠。眠っているあいだだけでも邪魔者が入らなければいいのだが、残念なことにそうもいかなかった。

てんかんの発作を起こした人がいた。顔を横に向かせ、口許に流れる唾や濡れた枕を拭いてやった。なにも知らずに眠っているけれど、朝起きたら頭が重いはずだ。彼女には発作のことはふせておきたい。ただ悪い夢を見たと思わせることにした。

かと思うと、隣の部屋では布団の傍らでうずくまっている人がいた。

「どうして座ってるの？」

私はそばに行って囁いた。

「布団の上に釘がいっぱい刺さってて、寝られないの」

私は布団の上を見た。幻視だった。薬が合わないのだろうか、それとも薬を飲まなかったのだろうか。布団に釘など刺さっていなかったが、彼女の目には見えるのだ。見えるから横になれないし、もし横になったら、本当に釘で体を刺されるような痛みを感じるはずだ。

だったら、布団の上に釘がないのは真実だろうか。数十本の釘がいまにも自分を刺そうとしているせいで、彼女は不安で怯えているというのに。そのときだけは釘が見えない私の目と、釘などないと言う私の言葉のほうが嘘なのではないか。私にとっての真実と、彼女にとっての真実が違うとき、それをどう伝えたら誰も傷つかないですむのだろう。

しばらくそんな思いに耽っていたが、私は沈黙するほうを選んだ。そして彼女と並んで座っていることにした。暗い井戸のような布団の傍らで。

私にとっては昼で、彼女にとっては夜の時間だった。

真実をそっくり語りなさい、しかし斜めに語りなさい ——

（略）

真実はゆっくりと輝くのがよいのです
さもないと誰もかも目がつぶれてしまいます ——

エミリー・ディキンソン「真実をそっくり語りなさい、しかし斜めに語りなさい ——」
（『対訳ディキンソン詩集 —— アメリカ詩人選(3)』亀井俊介編、岩波書店）

どれだけ時間が過ぎただろう。彼女の体が半分ほど布団に傾いていた。眠ってしまえばそれでよかった。私は彼女をまっすぐに寝かせ、やわらかな布団をかけたあと、部屋を出た。

てんかんの発作はそのあとも二回起きた。三回以上は危険なので心配していたが、それが最後だった。何人かがトイレに行き、もう目を覚ます人もいなくなったとき、夜が終わろうとしていた。

私は日誌を書き、椅子に座って目を閉じた。

枕と布団の上にうっすら跡が残るかもしれないが、真実はその夜に埋もれた。

朝になるまで、私の体は椅子の上でしだいに傾いていった。

猫は花の中に

春が短いと嘆くのは、もしかしたら春に咲く花だけを見ているからかもしれない。たいていは春の花、とくに桜の開花でようやく春を実感するのだが、桜が咲きほこるのはわずか十日ほどだからだ。桜が散り、気温が上がりはじめると、人は口癖のようにこんなことを言う。「もうすぐ夏なんじゃない？ 中間ってものがないよね。中間が」。いや、中間はある。花が咲き、散るときだけを春と呼ばなければ。

毎日、散歩をしている人なら、季節はある日突然変わるものでないことを知っている。二月に入った頃からすでに春は存在していた。土が膨らみ、木の枝は色を変える。虫が這い出し、猫は騒ぎはじめる。まるい水滴を口の中で転がすようにさえずる鳥が森にやってくる。春の気配はこんなにも散りばめられているのに、都市のビルの中で私たちが感知できないだけだ。

私は猫の餌と水筒をリュックに入れることから散歩を始める。私の営む猫食堂はいつもにぎわっている。だいたいおなじ時間に店を開けるのだが、時計を見て出かける私はともかく、猫たちが時間通りにやってくるのは不思議でならない。

春はとかくその時計が狂いがちなので、会えないときもある。猫たちは路地や屋根の上で一段とやわらかくなった陽気を楽しむ。彼らも春を満喫しているのだ。そうなると私はがっかりだ。一日に必要な可愛らしさの摂取量が決まっているのに、会えないときはその分もの足りないからだ。

とくにお気に入りの食堂は桜の木店だ。町の端にある垣根を越えると廃校があるのだが、その角の丘に大きな桜の木が立っている。私はそこに通っているうちに、いつしか自分の背丈の半分ほどの高さの垣根をひょいと越えられるようになった（もちろん、なんどか服を引っかけてしまい、洗濯物のように逆さまにぶら下がったこともあった。そのたびに私を呆れたように見上げる猫たちの視線といったら）。

猫たちには熾烈な縄張り争いがあるというが、桜の木店の猫たちは違っていた。捨てられてひとりぼっちになった子猫も、突然現れた妊娠した猫も、背中の毛が剝がれて肌が赤く腫れた猫も、みんなが互いを受け入れた。丘の庭園は平和そのものだった。木や草に囲まれた垣根の中で、難民のように身を寄せ合った色とりどりの猫たちは、一匹も追い出されなかった。

晩秋の頃、二匹のメス猫から十四匹ほどの子猫が生まれた。きらきら輝き、ぐにゃぐにゃし、よちよち歩く星のような、どう見てもこの世の生き物とは思えないほど尊い命だった。守ってやりたかった。数か月後、子どもたちを独立させるために母親猫がいなくなってしまうと、子猫の世話をするのは私の役目になった。

ところがある日、その星たちがみんな散ってしまった。厳しい冬も終わりに近づきほっとしていた頃、伝染病が流行ったのだ。私に最期の姿を見せたのはたった一匹だった。私が作った小屋の中で横たわり、二本の足を中に入れられないまま硬くなっていた。私はその子猫が生きていたときを必死で思い出そうとした。そして冷静にやるべきことをやった。残りの猫たちは見つからなかったが、希望を捨てた。

数日後、近所の動物病院に寄ったついでに、私は獣医に尋ねた。幼い野良猫はヘルペス（猫の風邪）にかかると生き延びられないのか、ぐったり横たわっているのに早く気づいて薬を飲ませていれば死ななかったのか、と。獣医は私の顔をじっと見つめたまま、なにも答えなかった。私が声を出さずに涙を流していたからだ。彼の前で私は、子猫たちを失ってから初めて声をあげて泣いた。

三月になり、長いあいだ黒ずんでいた桜の枝がほてるように赤くなったかと思うと、最初のつぼみが開いた。やがていっせいに花を咲かせた。桜の木は幹が太くて枝が低く垂れているので、地面まで白い光が揺らめいた。

私は相変わらず元気よく垣根を越え、桜の木食堂へ行く。生き残ったおとなの猫たちが私を待っていたし、もうすぐ新しい命が生まれるからだ。

私はわざと花影に餌の入った器を置く。何か所かに分けて置いた器に猫たちが花びらのようにまるく頭を寄せ合って、餌を食べているあいだ、私はしゃがんでじっと春の陽ざしを食べる。互いに争うことも、自分自身と争うこともない、穏やかな時間だ。

子猫たちを思い出すこともある。蜂になっただろうか、花になっただろうか、それともその中間だろうか。それがなんであれ、きっと美しいものになっているはずだ。

蜂はお花のなかに、
お花はお庭のなかに、
お庭は土塀(どべい)のなかに、
土塀は町のなかに、
町は日本のなかに、
日本は世界のなかに、
世界は神さまのなかに。

さうして、さうして、神さまは、
小ちやな蜂のなかに。

金子みすゞ「蜂と神さま」(『金子みすゞ　ふたたび』、小学館)

私は膝を伸ばして立ち上がる。風がすっと通り抜けると、桜の花が猫の毛のように舞い散り、ふんわりと着地する。地面にはすでに落ちた花びらが数えきれない。花びらを踏まないようにあちこち、歩幅を広げたり狭めたりしながら歩く。歩くというよりは、ダンスのステップを踏んでいるみたいだ。両手も高く上げて舞う。器に顔をうずめて餌を食べていた猫たちが、くちゃくちゃ嚙みながら私を見る。「どうしたの？」と言っているようだ。

「水も飲むのよ。また明日ね」

垣根に着くまで、私は踊り続ける。

*

いくつかの丘と、一点の雲

散歩が役に立つかどうかだけを考えて歩く人を「散歩者」とは呼びたくはない。結果的に役に立つのが事実だとしてもだ。毎日歩いて健康になる人もいるだろうが、逆に体を鍛えるために歩く人は、「散歩者」ではなく「運動マニア」とでも言おうか。腕を直角に曲げて大きく振りながら歩いているかと思うと、いきなり後ろ向きに歩きだす人を散歩者と呼ぶのはどう考えてもおかしい。散歩やそぞろ歩きは、その効果を期待しないからこそ価値があるのだ。

散歩者は歩くとき、自分の〝体〟より〝体ではないもの〟に目を向ける。ゆうべ見た夢や、誰かと語ったこと、ずっと気になっていたことを思い出したり、すっかり忘れていた人にふと会いたくなったり。かと思えば、さっきすれ違った人の帽子や、木に登るリスをちらっと見やる。その思惟は内と外を自由に行き来する波のようだ。

ただ、効果など気にせずあてもなく歩いたとしても、いずれ散歩は終わる。道は果てしなく続いているが、ここで引き返した方がいいと思う地点が必ずある。誰もが生きているあいだに仕事や恋愛、夢でそのような地点を感じるように。

引き返そうと思い立ったとき、帰るところが魔法のように目の前に現れるわけはないので、歩いてきた分だけまた歩かなければならない。散歩の最後の愉しみは、帰り道をどれだけ穏やかに、慌てずに歩くかにある。

私は散歩者であると同時に収集者だ。いや、収集よりは〝拾拾（チュップチュップ）［インターネット上の画像や動画などを収集するという意味で使われる新造語］〟という辞書にない言葉のほうが似合う。歩いては拾い、また歩いては拾う。

でも役に立つものを拾うことはほとんどない。虫食い葉っぱ、木の実、木の皮、石ころ、貝殻など、人によってはゴミでしかないようなものを、リスや野ネズミにも負けないほど上手に拾う。だから出かけるときは必ず袋を用意する。動物みたいに口いっぱいに頬ばって持ち帰るわけにはいかないから。持って帰ってきた愛らしい自然のものは、しばらく眺めてからケースにしまったり、もともとあった場所に戻したりする。

かと思うと、耳を澄ませて拾うものもある。たとえば音や言葉だ。風、水、羽根、落果がもたらす多彩な音。人がいたらその人たちの声も。

ゴーヤを植えたいけどもう遅いかな。水が飛び散るよ、逃げないの？　いつまで謝るのよ。イカれてるな。今日はいっしょにご飯を抜かない？

歩いているときに拾った言葉なので、前後の脈絡はわからない。そんなとき、つまり言葉が脈絡から逸脱するとき、言葉の持つ悲劇と喜劇の度合いが急に濃くなるのを感じる。ある言葉にふっと笑ったり、憂鬱になったりする。そのうちのいくつかは家に持ち帰って、ノートに書き留める。私のノートは拾ってきた言葉でいっぱいだ。それもまた私のものになったり、返したりする。

目を傾け、耳を傾ける私の散歩の動線は、まっすぐではない。移り気な蝶のように螺旋を描きながら動く。だから歩く時間がつい長くなってしまう。

途中、死にゆく虫につき添ったり、窓の外を見ている犬にあいさつしたり、猫の鼻くそを取りながら費やす時間を、私はべつに恥ずかしいとは思わない。そんなときの私がいちばん本当の「私」と重なるからだ。また、自然やすれ違う他人とも一瞬だが重なり合う。そのように重なる瞬間に私は希望を見いだす。そんな瞬間すらなければ、矛盾と憎悪に満ちたこの世界で、絶えず毀されていく存在をどう直視し、それに堪えられるだろう。

　部屋の中にいるとき世界は私の理解を超えている。しかし歩くときの世界は、いくつかの丘と、一点の雲でできているのだということがわかる。

ウォレス・スティーヴンズ「事物の表面について」

それだけだ。いくつかの丘と一点の雲。その中の無限、そして無。日々、誠実な散歩者として生きているが、私はまだすべての丘と雲を見たわけではない。

今日はわたしに、明日はあなたに

墓地を歩くのが好きです、と言ったら陰気な人だと思われるだろうか。

芸術家の眠る墓地を訪ねる人は多い。慕っている芸術家の名前が墓碑に刻まれているのを見にいくのは、ファンとしての愛情表現でもある。

私はむしろ誰の目にも留まらずに生きた人の墓や、荒れ果てた墓の前で必ず足を止める。死は強い磁力で私を引き寄せる。死を愛し、生を憎んでいるからではない。その逆でもない。私にとって死と生は、等号（＝）の左右におなじ重さでのせられるもの、生とおなじように心を揺さぶられるものだ。リルケは、この世のどこかで死にゆく人は私を凝視している、と言ったが、もしかしたら私はその凝視に目を合わせたいと思っているのかもしれない。

誰かの死によって生への情熱やエネルギーを手に入れる

人もいるようだが、私は死を死としてだけ受け止めたい。他人の死からなにかを得ようとは思わない。たとえほんの少しの希望でも。

南のある街に行くと、必ず立ち寄る聖職者の墓地がある。まず入口の左の柱にHODIE MIHIと、右の柱にCRAS TIBIと刻まれているのが目に留まる。「今日はわたしに、明日はあなたに」という意味のラテン語で、死が生きとし生けるものを公平に凝視していることを明瞭に伝えている。

柱の中に入ると質素な墓地が目に入る。名前と生年月日、叙階記念日、没年月日だけが刻まれた墓碑が、私を迎えてくれる。その背後には空が広がっているだけだ。生きているあいだに得たものや失ったものについては、なにも記録されていない。ただ、そこに眠っていることで彼らがなにを愛したのかわかるだけだ。

八十歳の司祭と修道院を散歩したことがある。庭園を歩いているときに彼が見せたいものがあると言うので、いっしょに小さな経堂に入っていった。電気のスイッチを点けると、古いオルガンの後ろに、写真の入った額が壁いっぱいに掛かっているのが見えた。先に逝った兄弟（ブラザー）たちだと言った。

　私たちは並んでゆっくりと写真を見た。さっき庭園で花や木々、猫を見たのとおなじ気持ちで見た。修道院で六十年暮らした彼は、写真の中の人をほとんど知っていた。過去に私が会った顔もあった。写真の下の方に書かれた生没年は、彼よりずっとのちに生まれた人が先に逝くこともあるうるのだと語っていた。

　老司祭は最後の写真のとなりの、空白になったところを指さした。「今度来たら、私がここにいるでしょうね」。そう言ってにっこり笑ったので、私も彼の顔を見て笑った。高い確率でそうなるだろう。それより低い確率で、私が先に引き取られるかもしれない。いずれにせよ、私たちがいまのように清らかに笑えることを願いながら、その部屋を出た。

　墓地を歩きながら、見知らぬ人の生没年を見ながら、私は死について考えた。死を思うのは悲観することではない。目の前にある顔を凝視する、ただそれだけだ。

冷たい石の上に供える花を、実は私たち自身も必要としている。花がしだいに枯れていき、花びらが十枚から二枚、一枚になるまで眺めることを、憂鬱だの無意味だのと思ってはいけない。


「今日はわたしに」

「明日はあなたに」

これを平和な夕方のあいさつとして交わせたらどんなにいいだろう。

彼女の歩く姿は美しい
（送らない手紙）

倭館（ウェグァン）［京釜（キョンブ）線にある駅、慶尚北道（キョンサンプクト）に位置する］行きの列車に乗りました。停車する駅名をその都度知らせてくれる、ゆっくりと走る優しい列車です。列車が停まるたびに、違ったイントネーションの人たちが乗ってきます。南に行けば行くほどその度合いが増します。

久しぶりに来ましたが、駅の裏の歩道橋を渡ったところにある近道は忘れていません。足が勝手に動くんです。それから右に曲がり、何軒か素朴な家の前を通り過ぎると、そこから長いレンガの塀が始まりますよね。地図なんか要りません。塀の終わるところが修道院の正門ですから。正門から中に入るとき、私の胸は膨らみ、出てくるときは涙を流していることを、誰も知らないでしょうね。

私が初めて修道院に行ったとき、神父様は庭に出て迎えてくれましたよね。向こうの方に真っ白な人が立っていました。その人は私がそこに着くまで目を逸らしませんでした。ふつうはきょろきょろしますよね。なんとなく気まずくて。ひとりを長く見つめられる人は、心が身軽で、それでいて堅固なんでしょう。そのときのあなたは、小石で四隅をしっかり押さえた白い紙のようでした。それからは私も誰かを待つとき、そのときの穏やかな目を思い出しながら姿勢を正します。揺らいではいけない、と自分に言い聞かせながら。

私は〝お客さんの家〟に三日泊まりました。部屋はシンプルでこざっぱりしていました。小さな机と椅子、ベッドがあるだけ。でもそれで十分でした。その机の前に座って、神父様から渡された紙を読みました。質問事項がいくつか書かれたアンケート用紙でした。その中にたしかこういうものがありました。①学生　②一般人　③修道者　④召命者

私は迷わず④を選びました。召命とは、神によって呼び出され、修道者としての使命を与えられるという意味なので、司祭や修道者として生きたいと思っている人のことでしょう。

私はずいぶん前に召命を感知しましたが、なかなか思いきれないまま数年が過ぎてしま

いました。俗世に対する未練を断ち切れませんでした。私にはまだすごいことが待ち受けているのではないかと思ったり。それを捨ててしまうのは怖かったんです。そんな中で、自分がどこを目指していけばよいのかしだいにはっきりしてきました。修道女として生きられないかもしれないと思うだけで、顔を洗っていても涙があふれてきましたから。

ようやく決心を固めたとき、あふれるほどの喜びが押し寄せてきました。誰でもいいからつかまえて大声で言いたかった。私は修道院に入るのよ！　って。そのときの穢れなき喜びといったら。神父様のほうがご存じでしょうね。人生にそのような愛が訪れるのは一度きりだということも。

いまもそのときのように春が終わろうとしています。白い修道服を着ていますから。神父様はここにいらっしゃいませんけど。外国で勉強と司牧［教会を管理し信徒を指導すること］を続けてもう十年ですよね。

門衛の修道士様のお顔も、温かみのある方言も、変わっていません。私は鍵をもらって宿所に入りました。部屋の模様も、大きな窓から見える風景も、以前とおなじです。いま大きな黒い犬が通り過ぎました。どこに行くのか目でしっぽを追っています。あとでいっしょに遊ぼうと思って。

机の上にある修道者のスケジュール表を見ます。一日に四回の祈禱とミサ、そのあいだに食事と労働の時間があるようです。客人は自由にしていいのですが、私はすべての日課に喜んでしたがうことに自由を捧げるつもりです。

夕方の祈禱の時間までまだ余裕があるので、それまで散歩をしようと思います。

ステンドグラス工房、出版社、木工所の前を順番に通り過ぎます。修道士様たちの仕事場です。木工所の花壇の前で、かんな屑が花のようにくるっと丸くなるのを見ていたら、背後から低い声が聞こえてきました。

「歩いていますか」

ある白髪の修道士様が、気配もさせずに私のそばに来ていました。「いっしょに歩きませんか?」

すべての始まりがこんな言葉だったらいいのに。いっしょに歩きませんか、なんて言われたら、私の気持ちはすぐに傾くでしょう。

私たちは並んで歩きました。そして目の前に見えるものについて話しました。木が見えたら木のことを、壁が見えたら壁のことを、人が見えたら人のことを。

白髪の修道士様は今年、八十歳だそうです。私はまだ彼の腰の辺りです。うらやましいです。私の夢は、おばあちゃん修道女になることだったんですよ。それは生涯変わらぬ気持ちを持ち続ける、偕老同穴のようなものですよね。

修道士様がゆっくりと昔のことを語るのを、私は黙って聞いていました。話をするより聞くほうが好きなんです。聞いていると相手を十分に見つめられますから。

修道院を縁取るようにぐるっと歩いたあと、私たちは大きな欅の前で足を止めました。二十歳のとき、この木――苗木だった頃の――を植えるのを見たと、その光景をいまでも鮮明に覚えていると、修道士様がおっしゃいました。この木は六十年余り生きているんですね、と私が答えました。心の中ではそっと、六十年間「見守っていた」という語彙に変えながら。

私は夜にまた、ひとりで欅の前に立ってみました。枝と葉が揺れるのをしばらく眺めました。眺めているうちに、いつしかそれは祈りに変わっていました。私の祈りは質問ばかりなんですよ。

前世でも私を見守ってくれましたよね？　私が馬鹿なことをしてあなたに気づかなかったのもご存じですよね？　その頃から私は選択をしなくなりました。なにをしても無駄だと思ったんです。なぜ私を引き留めてくれなかったんですか。ここにいなさい、ここで暮らしなさい、って私を放さないでくれたらよかったのに。

結局は自分のせいなのに、つまらない愚痴を言ってしまいました。

木はしゃべりません。夜も黙っています。神は星のように呼吸だけしています。

私の愛するものはみんな沈黙しています。

神父様が遠くにいらっしゃるあいだ、私は失敗ばかりしました。理由は訊かないでください。ただ溜まり水のように生きていました。なにも、誰も、愛しませんでした。すでに私は一世一代の愛を失ったのですから。召命をふいにしてからは、どう生きていけばよいのかわかりませんでした。

まだ後悔しているとしたら、それも未練がましいですよね。でももし後悔という言葉よりもっといい言い方があれば、私はそれを使いたいです。永遠に擦り減らない後悔もありますから。自責は愛よりも寿命が長いですし。

ただ、いまはよくわかります。後悔を胸に抱いたまま前に進まなければならないことを。切実に願っていたことが叶わなくても、あるいは失敗しても、生きていくためには夢を見続けなければならないことを。召命とは運命のように授けられるものですけど、同時にその運命を守ろうとする人間の能動的な意志でもあることに、ようやく気づきました。

午前五時、鐘の音が聞こえてきます。

支度をして聖堂に向かいます。まだ星が見える青黒い空の下を歩いて。

私の好きな詩句が浮かびます。

彼女の歩く姿は美しい、夜空のように

ジョージ・ゴードン・バイロン「彼女の歩く姿は美しい」

どこに向かって歩いて行けばいいのか、なにを望めばいいのか、私にはまだわかりません。ただ、いまは美しく歩こうと思います。

「私の召命は愛です」と言った聖人がいます。私はそれにつけ加えます。私の二回目の召命は美しさです。これはなんとしても守るつもりです。

鐘の音が止みました。これから最初の沈黙が始まろうとしています。

夕暮れが中庭で静かにたたずむとき、
あなたの本と本の間から朝が浮かび上がるだろう。
あなたの秋は私の夏の陰になるだろうし
あなたの光は私の影の栄光になるだろう。
それでも私たちはともに歩み続けよう。

ボルヘス「ラファエル・カンシノス・アッセンスへ」

日本の読者のみなさんへ

『詩と散策』は私にとって初めての本です。私的な感情や心の中に秘めたことを打ち明けたので、書いているあいだも、書いたあとも、ずっと気恥ずかしい思いがしていました。他の国の言葉に訳されて再び本になる今、その気恥ずかしさがよみがえってきます。でも、それよりも胸がわくわくしています。日本の読者のみなさんに会えるなんて。この本だけでなく、私の体も一緒にそこに行けたらどんなにいいでしょう。

私は散歩を愛しています。歩きながら見たり聞いたりした、すべての些細なことを大切にしてきました。それらは必要なときに、悲しみと絶望に立ち向かえる力になってくれました。詩もそうです。私は正式に詩人としてデビューしたわけではありませんが、どこでなにをしていようと「詩人の心」を持って生きようと自分に言い聞かせてきました。この本に書いたように「取るに足らぬものなどなに一つない、と思う心」を持って。

そうやって読んだり歩いたりした日々を集めて、『詩と散策』という本を出しました。人生のある瞬間に思い浮かんだ詩の欠片を、文章の中に散りばめました。中にはあまり知られていない詩人の名前もあれば、金子みすゞのような嬉しい名前もあります。私にとって大切な詩を、この本を読んでくださるみなさんもおなじように美しいと思ってくださったら幸いです。

この本はオクタビオ・パスの詩から始まります。その詩の中で彼は、詩の留まるところは「間(あわい)」だと言っています。私は詩だけでなく、この世界を形作っている真心や真実も、この「間」にあるのではないかと思います。

その「間」をじっと見つめ、私と新しい読者との間をつなげてくれた翻訳者の橋本智保さんと、書肆侃侃房のみなさんにお礼を申し上げます。

二〇二二年十二月

ハン・ジョンウォン

訳者あとがき

雪が降り始めたかと思うとあっという間に辺りが白く覆われたある冬の朝、ソウルのK書店に入ってまず手に取ったのがこの本でした。

白地に黄色と水色の模様のある表紙は、雪の降るその日の風景をイメージしたような印象を受けました。本を開けページをめくっていると、意外にも著者の心の中の言葉が私に語りかけてきたのです。とても素敵な本を発見したようで嬉しくなり、すぐに買って書店内のカフェで少しずつ少しずつ読んだのを覚えています。

二十五章からなる本書は、著者がひとり詩を読み、ひとり散歩にでかけ、日々の生活の中で感じたことを綴った、澄んだ水晶のようなエッセイ集です。私もまたよく歩き、ときどき詩を読み、言葉がうまく出てこなかった時期だっただけに、著者の言葉があたたかい陽だまりのように感じられました。

著者についてわかるのは詩人であることと、短編映画を演出し演技をしたことがあるということだけでしたが、なんの先入観もなしに読み、魅せられ、翻訳してみたいと思いました。

本書は、時間の流れという出版社の〝言葉の流れ〟というエッセイシリーズ、全十巻の四冊目にあたります。しりとりをするように前の著者が次の著者に言葉をバトンタッチしていく形を取っています。たとえば『詩と散策』の一つ前は『映画と詩』（チョン・ジドン著）、次は『散策と恋愛』（ユ・ジンモク著）というふうに。

その中でも『詩と散策』は、二〇二〇年の刊行以来、現在に至るまでベストセラーとなり、多くの読者に愛されています。色々なメディアで今年の一冊として紹介されたり、朗読されているのをよく見かけます。その多くが、ゆっくり歩きながら周りの景色を楽しめるような余裕がほしい、散歩が詩になる日常に憧れる、引用されている詩もぜひ買って読んでみたい、静かにひとり歩いているような気持ちにさせられる文章、などの感想が残されているのを見ても、このエッセイを読む行為は散歩——歩くことに似ているのかもしれません。読みながら、私もどこかに向かって歩いているような気分になります。

「だから散歩から帰ってくるたびに、私は前と違う人になっている」（p22）

この本とともに、著者が口ずさむ詩語とともに、彼女の愛する詩人たちとともに、ゆっくりと歩いてみませんか。目標を決めて歩くのではなく、歩くのを愉しむために。

先日、本書の一章に出てくる映画を著者のハン・ジョンウォンさんに薦められました。今日みたいな雪の降る寒い日にどうですか？　というメッセージとともに。『僕はイエス様が嫌い』（二〇一九）という映画です。

本書の出版を快く引き受けてくださった書肆侃侃房のみなさん、編集の池田雪さん、詩の引用の邦訳をていねいに探してくださった末次宏子さん、これまで支えてくださったすべての方々に心より感謝を申し上げます。

橋本智保

二〇二二年十二月

ハン・ジョンウォン

（한정원）

＊

大学で詩と映画を学んだ。

修道者としての人生を歩みたかったが叶わず、今は老いた猫と静かに暮らしている。

エッセイ集『詩と散策』と詩集『愛する少年が氷の下で暮らしているから』を書き、いくつかの絵本と詩集を翻訳した。

橋本智保

（はしもと・ちほ）

＊

1972年生まれ。東京外国語大学朝鮮語科を経て、ソウル大学国語国文学科修士課程修了。

訳書に、キム・ヨンス『夜は歌う』『ぼくは幽霊作家です』（新泉社）、チョン・イヒョン『きみは知らない』（同）、ソン・ホンギュ『イスラーム精肉店』（同）、ウン・ヒギョン『鳥のおくりもの』（段々社）、クォン・ヨソン『レモン』（河出書房新社）『春の宵』（書肆侃侃房）、チェ・ウンミ『第九の波』（同）ユン・ソンヒほか『私のおばあちゃんへ』（同）など多数。

詩と散策　시와 산책

2023年 2月 6日　第1刷発行
2024年10月21日　第3刷発行

著者　ハン・ジョンウォン
翻訳者　橋本智保
発行者　池田雪
発行所　株式会社 書肆侃侃房（しょしかんかんぼう）
〒810-0041　福岡市中央区大名 2-8-18-501
TEL 092-735-2802　FAX 092-735-2792
http://www.kankanbou.com
info@kankanbou.com

編集　池田雪
DTP　黒木留実
印刷・製本　シナノ書籍印刷株式会社

ISBN978-4-86385-560-1 C0098